Das Grönlandereignis

Daniel Bartoschewski

Das Grönlandereignis

Impressum

Bibliografische Information der Deutschen Nationalbibliothek:

Die Deutsche Nationalbibliothek verzeichnet diese Publikation in der Deutschen Nationalbibliografie; detaillierte bibliografische Daten sind im Internet über dnb.dnb.de abrufbar.

Herstellung und Verlag:
BoD – Books on Demand, Norderstedt

ISBN 9783750405240

Dienstag, 12. Juli 2022

Es ist 15 Uhr. „Ich gehe heute früher, Marjam, und du?“ „Ich bleibe noch“, antwortet sie. Gerade will Alexandra ihren Laptop zuklappen, als das Symbol für eine Nachricht erscheint. „Mark hat mir etwas weitergeleitet - von einem Gletscherforscher aus Bern. Hast du das auch bekommen?“ „Nein, um was geht es denn?“ „Die E-Mail wurde von einem Eisbrecher vor Ostgrönland abgeschickt:

„Hallo Christian, ruf bitte so schnell es geht zurück. Wir brauchen ein Team, das den nordöstlichen Eispanzer aus der Luft beobachtet. Hier von der Bucht aus können wir sehen, dass der untere Teil des Gletschers verschwunden ist. Stattdessen fließt dort jetzt ein Bach. Jemand muss sich das ansehen. Im Anhang sind vier Bilder.
Melde dich!“

Marjam: „Was kann der Grund dafür sein, dass er die Meldung an dich weiterleitet?“ „Das soll er uns mal erzählen, würde ich sagen. Er hat gerade eine weitere E-Mail geschickt. In der geht es um unser numerisches Modell zur Berechnung von Flutwellen, die durch einen unterseeischen Hangrutsch oder ein Seebeben verursacht werden. Das wird jetzt benötigt.“ „Damit wird er die Simulation meinen, die ich für euch programmiert habe.“

„Komisch, von der Arbeit habe ich niemandem etwas erzählt.“ „Dann hat es wohl ein anderer getan.“ „Und ob ich mit ihm und dem Gletscherexperten als Forschungsteam nach Grönland fahren würde, fragt er“. „Das fragt er dich per E-Mail?“ „Ich rufe ihn mal an.“

Donnerstag, 21. Juli 2022

Es ist keine Wolke zu sehen. Der Himmel ist blau. Ihr Flugzeug landet gerade auf dem Flughafen von Keflavik. Die Temperatur liegt bei fast 30 °C. Der Schweizer Gletscherexperte und die Ozeanforscher Mark Baumer und Alexandra Senneisen verlassen das Flugzeug und lassen sich zum Hafen bringen.

Alexandra öffnet ihr Postfach, aber es gibt keine neue Nachricht. Sie bringen ihr Gepäck auf den Eisbrecher, der heute Abend auslaufen soll. In ihrer Kabine angekommen wirft sie sich aufs Bett. Noch eine Stunde bis zum Abendessen.

Am Tisch fragt sie die beiden: „Ob der Südwind die Ursache ist, was denkt ihr?“ Mark antwortet: „Die warme Strömung besteht seit acht Wochen, seitdem der Jetstream kollabiert ist. Das ist ein langer Zeitraum für eine Großwetterlage und hat wahrscheinlich etwas damit zu tun. Nach einem Moment des Nachdenkens sagt Christian: „Wir wissen aus den Alpen, dass ein Südwind im Sommer Gletscherbäche anschwellen lassen kann. Das Schmelzwasser sickert dabei durch Eisspalten."

„Aber was bedeutet es, wenn der untere Teil des Gletschers mitgerissen wurde?", fragt sie. „Dann ist der Bach enorm angeschwollen, weil er offenbar aus neuen Quellen gespeist wird. Und nach denen sollten wir suchen. Dafür haben wir drei Drohnen mit einer hohen Reichweite dank eines neuen Energiespeichers dabei. Es sind Prototypen der AF-QC 22, die für große Radien entwickelt wurde. Mark schaltet sich wieder ein: „Dann haben wir Chancen, eine genügend große Eisfläche zu untersuchen, wenn wir weit genug in die Bucht kommen." „Für unsere Aufnahmen haben wir die beste Ausrüstung dabei, die es gibt. Die Drohnen haben eine sechsmal größere Reichweite. Wir können sie allerdings nicht aufladen, wenn der Wasserstoff aus dem gesättigten Öl verbraucht ist, weil der Elektrolyse-Apparat als Prototyp nicht transportabel ist. Wir können also keinen neuen Wasserstoff erzeugen, um das Öl damit neu zu sättigen. Das ist etwas anderes, als einen Akku aufzuladen. Dann werden wir nur je einen Erkundungsflug machen können. Damit müssen wir also auskommen." Mark: „Das macht nichts, denn sehr lange würde ich dort ohnehin nicht bleiben wollen."

Freitag, 22,. Juli 2022

Bei Sonnenaufgang sind die ersten Eisberge auf dem Meer zu sehen. Weiße Riesen von mehr als hundert Metern Durchmesser und dazwischen kleinere, blaugrün schimmernde; die übriggebliebenen Kerne früherer Eisberge. Mark steht im T-Shirt mit einem Fernglas in der Hand auf dem Vordeck und beobachtet das Kap, hinter dem die Bucht liegt. Große Eisberge bewegen sich langsam in Richtung Westen: „Die kommen aus der Bucht". Alexandra sieht ebenfalls durch ihr Fernglas. Danach geht sie zum Steuermann und Kapitän. Der sagt: „Das wird das Gefährlichste, was ich je gemacht habe." Im leichteren Süßwasser der Bucht sinkt das Schiff, das nun etwas weniger Auftrieb bekommt, minimal tiefer in die See. Hinter dem Kap dreht es jetzt nach Osten ab, die Bucht ist einsehbar und eine leichte Strömung wahrnehmbar.

Der Steuermann macht einen weiten Bogen um einen großen Eisberg, um nicht unter der Wasserlinie mit ihm zu kollidieren. Alexandra holt die Kamera aus ihrem Rucksack und filmt. Langsam kommt das Ufer ins Blickfeld, sie zoomt es heran. Der Bach ist zu einem Fluss geworden. Alle stehen jetzt auf dem Vordeck und sehen durch Ferngläser auf den Fluss und den verbliebenen Teil des Gletschers weiter oben. „Wie nah kommen wir heran?“, fragt sie. Christian nennt einen Kilometer bis zum Ufer. „Das reicht, damit wir mit unseren Drohnen weit genug kommen. Lange sollten wir hier nicht bleiben. Seht ihr die Spalten im Eis dort oben? Dahinter steigt das Gebirge flacher an. Wir können das von hier aus nicht sehen. Aber wenn da oben im Eisfeld auch Risse sind, dann ist es hier nicht mehr sicher.“

Dort angekommen hält der Steuermann in der Strömung den Kurs. Mark, Christian und Alexandra bringen drei große Alukoffer an Deck und holen die Drohnen heraus. Auf einem Tablet zeigt Christian die Landkarte und die mögliche Fläche, die untersucht werden kann. „Ich suche mit einer das Gebirge südlich des Gletschertals ab, Mark sucht mit seiner nördlich und du fliegst über das Tal bis an den Ursprung des Gletschers. „Dann mal los“, meint Mark. Die Drohnen heben ab. Während sie an Höhe gewinnen, fliegt eine den Fluss entlang, die anderen beiden nördlich und südlich am Fluss vorbei; über die Steilküste und bis in die Gipfelregion.

Nach gut zehn Minuten Flugzeit sagt Christian: „Hier bin ich schon über dem Eisfeld. Es sind Risse und Spalten zu sehen. Mark, siehst du auch schon etwas?“ Mark: „Auf dem nördlichen Felsen scheint sich das Eisfeldes bergab bewegt zu haben. Dahinter ist eine größere Fläche eisfrei." Christian: „Dann ist nicht nur der Gletscher in Bewegung geraten, sondern auch das Eisfeld darüber."

Alex: „Am Ursprung des Gletschers kann ich nichts Auffälliges sehen. Jetzt steuere ich das Eis dahinter an." Nach einer Weile sagt sie: „Hier ist auch eine Spalte zu sehen. Da werde ich mit der Drohne hineinfliegen. „Aber die Energie reicht für den Rückflug nicht aus", gibt Christian zu bedenken. „Welche Alternativen haben wir? Satellitenaufnahmen? Für eine Berechnung der Bewegung im Eis ist das zu wenig. Wir werden unsere eigenen Messdaten brauchen", meint Mark.

Alexandra: „Dann bleibt nichts anderes übrig, als in die Spalte zu fliegen. Wir haben immer noch keine Quelle gesehen." Mark: „Bei meiner Drohne steht die Ladeanzeige bei fünfundfünfzig Prozent. Ich starte den Rückflug." Christian und Mark legen ihre Tablets weg, die beiden Drohen fliegen eigenständig zurück. Alle sehen jetzt auf Alexandras Tablet. Die Drohne Nummer Drei schwebt langsam immer tiefer in die Eisspalte. An den Wänden tropft Schmelzwasser herab. Es wird etwas dunkler und sie schaltet den Scheinwerfer ein. Mit zunehmender Tiefe wird das Wasser immer mehr. Während sie sich dem Grund nähert, strömt es in Wasserfällen herab. Mark: „Was glänzt da auf dem Felsgrund?“ Christian: „Das ist fließendes Wasser. Jetzt ist mir klar, wodurch der Gletscherbach zu einem Fluss geworden ist.“

Alex: „Ich steuere die Drohne so weit zurück, wie es geht.“ Die Ladeanzeige steht bei 15 Prozent und blinkt orange, während sie weiter zur Oberfläche steigt. Diese erreicht sie bei 10 Prozent und blinkt rot. Sie schaltet die vier Elektromotoren ab und landet kurz vor der Kante der Spalte auf dem Eis. Dann erscheinen zwei dunkle Punkte am Himmel, Nummer Eins und Zwei kehren zurück. Per Selbststeuerung landen sie exakt an den Stellen auf dem Deck, von denen aus sie gestartet sind. „Lasst uns alles verstauen und schnell aus dieser Bucht verschwinden“, meint Mark. Christian winkt dem Steuermann zu, das Schiff dreht ab und nimmt Fahrt auf.

Als sie das Kap passieren, kommt aus der Bucht ein peitschendes Geräusch. Alexandra steht gerade an der steuerbordseitigen Reling, lehnt sich an und greift nach ihrer Kamera. Das zwischen dem vorstehenden Felsen nördlich der Bucht und dem Gipfel dahinter auf einer abfallenden Flanke liegende Eisfeld stürzt unter einem donnernden Rauschen als Lawine in den Fluss und dann ins Meer. „Was schätzt ihr, wie hoch die Welle eben gewesen ist?“, fragt Christian. „Gut fünfzig Meter“, antwortet sie, filmt und ergänzt: „Bis sie hier ist, werden davon noch einige Meter übrig sein.“ Er geht zur Brücke, klopft an und sagt: „Gleich kommt eine Welle aus der Bucht.“ „Wie hoch?“ „So ein paar Meter etwa.“ „Verstehe.“ Die Riesenwelle breitet sich in der Bucht aus und verliert schnell an Höhe. Am Ufer des Kaps türmt sie sich erneut auf, bricht schäumend und überspült die Landzunge. Auf dem offenen Meer erreicht sie den Eisbrecher, hebt das Schiff an und beschleunigt für einen Moment ihre Fahrt. Nachdem die Welle vorbeigezogen ist, stört nur noch der Schiffsmotor die Stille. Alexandra schaltet die Kamera aus und steckt sie in ihren Rucksack. Sie sehen der Welle noch lange hinterher. Unter Deck zeigt Christian die Ergebnisse der Berechnung. „Seht euch das an …! So groß ist das abreißende Eisfeld. Wenn das ins Meer driftet, dann dürfte es je nach der Geschwindigkeit, mit der das passiert, eine beachtliche Flutwelle geben.“ „Um das genauer vorhersagen zu können, brauchen wir allerdings mehr Messungen“, fährt Mark fort. „Was können wir denn jetzt schon dazu sagen?“, fragt Alex. „Wir haben so etwas bis jetzt zwar noch nicht gesehen, aber wenn das Eis noch mehr in Bewegung gerät, dann könnte es wegen des Schmelzwassers innerhalb einer Stunde ins Meer stürzen, wenn nicht schneller", schätzt Christian die Lage ein. Mark: „Dann sind Hafenstädte in Skandinavien und flache Küstengebiete in Gefahr. Dänemark, die deutsche und niederländische Nordseeküste."

Alex: „Ich komprimiere die Filmaufnahmen und schicke sie per Satellitenübertragung Marjam zu. Sie soll das am Institut den anderen zeigen. Damit müssen die Regierungen gewarnt werden!"

Christian: „Dann übertrage ich dir den Film, den die dritte Drohne gemacht hat. Den kannst du direkt mitschicken." Nach der Komprimierung stellt sie den Satellitentransceiver auf, der zuerst seine Antenne ausrichtet, schickt die Aufnahmen Marjam zu und ruft sie an: „Marjam? Bist du noch im Büro? Ich habe dir gerade was zugeschickt. Du musst sofort alle, die am Lehrstuhl sind, zusammenholen und das Material vorführen. Die Qualität sollte ausreichen, damit ihr sehen könnt, was da passiert. Was los ist? Ein riesiges Eisfeld beginnt sich vom Rand des Inlandeisschildes zu lösen! Wenn der Professor da ist, dann ruft ihn dazu. Er ist nicht in Stralsund? Dann versucht es mit einer Konferenzschaltung. Wir wissen noch nicht genau, wann es passieren wird. Dazu bräuchten wir Messungen der Geschwindigkeit, mit der sich das Eis bewegt. Aber es kann schon bald hohe Flutwellen geben. Lasst eine Warnung herausgeben! Ja, wir sind auf dem Weg nach Island. Morgen Mittag sind wir zurück."

Samstag, 23. Juli 2022

Alexandra und Mark sind zusammen auf dem Weg vom Flughafen Rostock nach Stralsund. Sie steigen in ihr Auto und kurz nach Verlassen des Parkhauses erscheint auf dem Bildschirm der Mittelkonsole eine Eilmeldung in roter Schrift: „Soeben wurde der Katastrophenfall ausgerufen. Die Bundeswehr führt Evakuierungen an der Nordseeküste und den ostfriesischen Inseln durch. In Kürze wird eine Rede der Bundeskanzlerin erwartet."

Mark: „Die Wellen werden an der Nordseeküste mit voller Wucht eintreffen. Aber hier in Rostock ist von Evakuierungen nichts zu sehen. In die Ostsee wird die Welle wohl nicht kommen. Wir können Glück haben und bis Stralsund durchkommen." Da geht ein Videoanruf von Marjam ein. Alexandra schaltet auf Autopilot und nimmt ihn an: „Wo seid ihr gerade? Wir packen hier schon unsere Technik ein." „Ihr macht *was*?" fragt sie. „Wir sollen zu einer Armeebasis südlich von Schwerin kommen und unsere Computer dort aufbauen." Nach einer Pause sagt Alex: „Lass und darüber reden, wenn wir da sind. Bis gleich."

Am Institut angekommen fragt sie sie sofort: „Hey Marjam, was ist in der Nacht passiert?“ „Deine Videos sind eingeschlagen, das ist passiert. Wir haben es nach dem Ansehen direkt an die Regierungsstelle weitergeleitet. Heute Morgen hat dann ein General der Armee angerufen und meinte, dass er unser Team braucht.“ „Und wo soll das sein?“ „Die Koordinaten stehen auf dieser Karte. Es soll irgendwo südlich von Schwerin sein.“ Alex und Mark sehen sich ratlos an. Marjam ruft: „Packt am besten einfach eure Sachen. Ich wäre dann bereit“ meint Marjam, und ergänzt: „Du hast die Aufnahmen raus geschickt. Jetzt kannst du sehen, was du bewirkt hast.“ „Gut, dann haben wir das Richtige getan.“

Jetzt dreht Mark seinen Laptop in ihre Richtung und sagt: „Gleich soll die Ansprache der Kanzlerin kommen.“ Der Livestream beginnt:

„Liebe Mitbürgerinnen und Mitbürger. Es gibt jetzt schwere klimatische Veränderungen. Dadurch ist es aufgrund dramatischer Ereignisse auf Grönland während der letzten Nacht nötig, die Nordseeküste zu evakuieren. Ich bitte Sie darum, Polizei und Bundeswehr bei den erforderlichen Maßnahmen zu unterstützen und auch mit den lokalen Behörden zusammenzuarbeiten. Das dient zu Ihrer eigenen Sicherheit.“

Die Rede ist vorbei. Mark sieht weiter gespannt auf den Bildschirm. Es ist still im Raum. Nach einer Weile sagt Alex: „Dann können wir ja gleich losfahren. Wo ist eigentlich der Professor hin?“ Marjam: „Er ist auf der Suche nach Drittmitteln verreist.“

Im Auto hält Alex die Karte an den Bildschirm und erklärt: „Das ist unser Ziel.“ Es erscheint ihre Route. Sie zeigt den Startpunkt, von dem aus eine blaue Linie beginnt und auf einer Straße rund eine Stunde südlich von hier endet. Um das Ziel herum, über dem ein gelber Punkt blinkt, ist eine große grüne Fläche zu sehen. Alex: „Da ist ja nur Wald“. Aber dann sagt sie: „Das Ziel ist richtig.“ Der gelbe Punkt wird grün.

Die Fahrt führt über die Landstraße durch eine wenig besiedelte Gegend. Es wird Abend. Orte, Höfe, Felder und Wälder wechseln sich ab. Kurz vor dem Ziel biegen sie von der Landstraße ab; der Weg führt in einen ausgedehnten Wald, die Luft ist diesig. Einen halben Kilometer später bleiben sie vor einem dunkelgrünen, massiven Schiebetor stehen, das Teil einer Mauer ist, die durch den Wald verläuft. Am rechten und linken Ende des Tores schalten sich zwei Scheinwerfer auf hohen Masten ein, leuchten vor das Tor und tauchen ihr Auto in weißes Licht. Auf dem Monitor der Mittelkonsole erscheint das Briefsymbol und sie sagt: „Nachricht anzeigen.“ Der Schriftzug „Ihre Weiterfahrt wurde bestätigt“ erscheint. Das Tor fährt nach rechts. Alex greift in das Lenkrad und fährt los. Nach einem weiteren halben Kilometer sind Einrichtungen und eine unbeleuchtete Start- und Landebahn zu sehen. Die Straße führt um einen titangrauen, metallisch schimmernden, fensterlosen Gebäudekomplex. Die Spurbegrenzungen leuchten vor ihr weiß und werden hinter ihr wieder dunkel. Plötzlich biegen die leuchtenden Linien in einer Kurve nach rechts und führen sie durch ein offen stehendes Rolltor in eine große Halle.

In dem Moment, als sie hineinfährt, erscheint auf dem Monitor ein blauer Punkt mit den Buchstaben *IN*. Ein Soldat zeigt auf ihren Parkplatz. Sie fährt langsam darauf zu und bleibt ein paar Meter davor stehen. Jetzt berührt sie den Punkt, der daraufhin einen weißen Rand bekommt. Ihr Auto fährt selbst auf den Parkplatz und hält genau über einer Induktionsstelle. Der blaue Punkt verschwindet und ein virtueller Schieberegler wird angezeigt. Darunter stehen die Zahlen für Reichweite, Ladedauer und Preis. Daneben steht der Name des Energieversorgers. Sie schiebt den Regler mit einem Finger nach rechts, wobei die Zahlen ansteigen – bis auf den Preis. Ein grüner Button erscheint, sie berührt ihn und steigt aus.

Mark und Marjam sind bereits ausgestiegen. Der Boden der Halle ist hell grau, sauber und glänzt. An der Decke geben große leuchtende Flächen ein weißes Licht ab. Durch eine Tür kommt ein Soldat, dessen Uniform auf einen hohen Rang schließen lässt, auf sie zu, begleitet von zwei Soldaten in anthrazitfarbenen Uniformen.

„Sie müssen Alexandra Senneisen sein", sagt er und stellt sich als General vor. „Ich habe Sie schon erwartet." Wir müssen die Bedrohung unserer Küstenlinie kennen und vorhersagen können. Dazu brauchen wir die Expertise Ihres Teams. Aber kommen sie erst mal mit, ich zeige Ihnen unsere Steuerungseinrichtungen." Diese liegen in einer weiteren Halle. Dort wird eine Monitorwand aufgebaut und die letzten Bildschirme werden angeschlossen. Anstelle von Fenstern gibt es große leuchtende Flächen an den Wänden. In der Mitte und zu einer weißen Wand ausgerichtet steht eine Konsole, mit einem zentralen Monitor und einem Lenkrad davor. „Ist das die Fernsteuerung eines unbemannten Flugkörpers?", fragt Mark, während er mit dem Finger darauf zeigt. „Das ist die Steuerung einer Langstreckenaufklärungsdrohne, die für Erkundungsflüge entwickelt wurde", erklärt der General. „Damit werden wir Bilder und Messdaten zu ihrer Sichtung auf Grönland sammeln und auswerten. Es gibt dazu eine Zusammenarbeit mit Dänemark und Grönland, auch bei nötigen Evakuierungen. Die Drohne startet morgen früh um 4 Uhr. Um 8 Uhr wird sie vor Ostgrönland sein.“

Mark: „Und Sie brauchen also unsere Programme, um aus den Bildern auf drohende Überflutungen zu schließen“, wobei er sich nach vorne beugt und auf die Bedienkonsole blickt: dort steht rechts neben dem Lenkrad der Schriftzug LSAD1; darunter ein Drucktaster und ein Schlüsselschalter. General: „Wir müssen in der Lage sein, den Zeitpunkt des Eintreffens von Flutwellen vorherzusagen, ihre Höhe und wie weit sie ins Hinterland vordringen. Alles Weitere, was sie wissen müssen, erfahren Sie dann morgen um 8 Uhr.“

Sonntag, 24. Juli 2022

Als Mark, Marjam und Alex in die Steuerungshalle kommen, sitzt bereits ein Soldat an dem Lenkrad der Konsole. Ein Beamer wirft das Livebild, das die Drohne per Satellit überträgt, an die Wand. Es zeigt eine Küstenlinie von oben. Von links kommt eine weiße Fläche ins Bild. „Das ist Ostgrönland“, erklärt Mark. Können Sie tiefer fliegen?“, fragt Alex. Der Pilot sieht sie kurz an und sagt: „OK.“ Sie geht näher zur Projektionswand und meint: „Ist bei der

Anzeige eine höhere Auflösung möglich?“ Der Soldat: „Nein, nicht bei dem Livebild. Aber ich kann ein hochaufgelöstes Standbild machen. Die Übertragung dauert ein paar Sekunden.“ „Dann möchte ich jetzt eins sehen.“ Während Mark und Marjam noch ihre Computer aufbauen und verkabeln, löst der Soldat ein Einzelbild aus. Auf der Wand erscheint ein Split-Screen, wobei das Livebild verkleinert in die rechte untere Ecke wandert. Alex geht noch näher an das Bild heran.

Jetzt ist es 8 Uhr und der General betritt die Halle. Sie kommt zurück und stellt fest: „Die Auflösung ist hoch genug, um kleinste Veränderungen an den Eisflächen im Vergleich zu früheren Aufnahmen zu erkennen.“ „So sollte es sein“, ergänzt der General zufrieden. „Wie weit seit ihr beiden?“, fragt sie in die Richtung von Mark und Marjam. „Bin gleich fertig“, sagt er und sieht kurz auf, mit einem Kabel in der Hand.

„Wo genau ist die Drohne jetzt?“, fragt Alex den Pilot an der Steuerkonsole. „Genau hier“, antwortet er. Auf der Wand verschwindet nun das Livebild; stattdessen erscheint eine geographische Karte von Grönland, mit einer roten Linie und einem Pfeil an der Spitze. „Das ist nicht mehr weit entfernt. Wann werden wir die Bucht sehen?“ „Die sollte in acht Minuten ins Bild kommen.“

Mark und Marjam setzen sich vor ihre vernetzten Computer. Der Pilot verringert die Flughöhe und die Geschwindigkeit, während er entlang der Küstenlinie fliegt. Vor der Landzunge am südlichen Eingang der Bucht lenkt er nach links. Der Fluss rückt jetzt ins Blickfeld. Große Eisberge füllen die Bucht. Alex: „Der Fluss ist anscheinend noch breiter geworden." Der Pilot erwidert: „Markieren: fließende Bewegung." Der Fluss ist jetzt auf dem Livebild rot umrandet. Schnell ist die Bucht überflogen. Alex: „Drehen Sie jetzt nach links ab. Wir müssen wissen, wo die Risse im Eisfeld beginnen." Der Pilot sieht zum General herüber, der zustimmend nickt. Jetzt kommt das Eis ins Bild, eine weiße Fläche bis zum Horizont. Es ist ein breiter und langer Riss zu sehen. Der Pilot weist an: „Markieren: dunkle Struktur." Auf dem Livebild hat der Spalt im Eis, über den er die Drohne steuert, jetzt eine rote Außenlinie. Der Pilot sagt: „Der Markierung folgen. Den Abstand vom Boden und die Geschwindigkeit halten", und nimmt dann die Hände vom Lenkrad.

Mark: „Sie haben das gerade nur über die Sprachsteuerung eingegeben! Wie ist denn das möglich?" General: „Das kann ich Ihnen nicht sagen." „Können oder dürfen Sie das nicht?" General: „Die Drohne enthält hochentwickelte Technologie." Mark sieht mit einem fragenden Blick zur Marjam herüber, die sich nichts anmerken lässt. Dann erscheint auf dem Monitor: „AF-QC 22 Ortungssignal erfasst.“ Unten links stehen in kleiner Schrift Frequenz und geographische Koordinaten des Signals. Alex beugt sich über die Konsole und erklärt aufgeregt: „Das ist unsere Drohne, die wir zurücklassen mussten!“ Sie drängt sich an dem Pilot vorbei, geht mit einem Finger auf den Taster und sagt: „Wir müssen wissen, wie schnell sich der Ort des Signals bewegt. Und von dem Fluss müssen wir wissen, ob er sich verändert! Die fließende Bewegung!“

Es erscheint die Schrift: „Wer ist wir?“ Der General geht näher an die Konsole und erklärt: „Alexandra Senneisen ist dazu autorisiert, mit dir zu reden.“ Es erscheint die Schrift: „Ich habe verstanden, General. Zur Ausführung dieses Auftrags ist die Selbststeuerung erforderlich.“ Daraufhin zieht der General einen Schlüssel aus seiner Weste, steckt ihn in die Konsole, dreht ihn um eine Vierteldrehung nach rechts und zieht ihn wieder heraus. Das Lenkrad faltet sich zusammen, zieht sich zurück und verschwindet hinter einer Klappe. Er wendet sich an seinen Pilot und sagt: „Sie haben jetzt dienstfrei.“ Mark blickt entgeistert, wendet sich unauffällig in Richtung Marjam und fragt sie leise: „Was denkst du, ist in der Drohne drin?“ „Eine KI“, meint sie.

„Schon klar, welcher Typ?“ Sie bewegt ihren linken Zeigefinger und tippt sich mehrmals an den Kopf, ohne das der General es sehen kann. Erst sieht er sie leicht verwirrt an, aber dann fragt er flüsternd: „Moment mal, du meinst ....“

Mark steht auf und sagt zum General: „Sie lassen dieses Ding alleine fliegen, ohne jede Kontrolle? Können Sie das vertreten, bei einer Maschine, die eigene Entscheidungen trifft?“ General: „Der Aufklärer hat den Auftrag erhalten und macht jetzt seinen Job.“ Alex setzt sich auf den Pilotensessel, betätigt den Taster und fragt: „LSAD1, kannst du mich hören?“ „Ich höre dich, Alexandra“, steht auf dem Monitor. „Ich brauche noch ein Bild des Flusses, um zu sehen, um wie viel er breiter geworden ist. Und dazu noch zwei weitere Positionsbestimmung des Ortungssignals von AF-QC 22, um die Geschwindigkeit und Beschleunigung des Eises zu berechnen.“ Es erscheint der Schriftzug: „Fließende Bewegung. Markierung. Fluss. Position AF-QC 22. Geschwindigkeit. Beschleunigung.“ „ Ja, das ist so richtig“, erwidert Alex. „Ich habe verstanden.“

Währenddessen ist die Drohne über den gesamten Riss geflogen und kommt wieder an der Küste an. Auf dem Livebild ist jetzt das offene Meer zu sehen, dann kippt der Horizont und steht senkrecht. Sie fliegt in einem Bogen zurück zur Bucht, die jetzt im

Bild erscheint, mit dem Fluss in der Mitte. Ein Standbild des rot umrandeten Flusses ist zu sehen. Kurz darauf das Ortungssignal mit neuer Positionsbestimmung. Jetzt kippt der Eishorizont, danach ist wieder das Meer zu sehen, dann erneut die Bucht. Ein zweites Standbild des Flusses erscheint. Die beiden Aufnahmen des Flusses erscheinen auf der Wand übereinander und sind deckungsgleich. Nur die beiden roten Markierungen unterscheiden sich. Mark geht näher heran. Die neue rote Umrandung ist geringfügig, aber erkennbar breiter. „Das Wasser unterspült das gesamte Eis", sagt er in die Richtung der anderen.

Alex: „Sehr gut. Jetzt brauche ich die Übertragung der Bilder und Messungen." Monitor: „Transfer auf welchen Computer?" Alex: „Mark, wie heißt dein Rechner?" „Z3." Alex nennt den Namen, auf Marks Rechner öffnet sich ein Fenster, er setzt sich wieder davor und bestätigt mit OK. Unterdessen ist das Geräusch eines Helikopters von draußen zu hören.

Marjam: „Damit können wir jetzt die Simulation der Ausbreitung der Flutwelle starten. Die Berechnung läuft bis morgen um 8:30 Uhr." Plötzlich steht auf dem Monitor der Steuerkonsole: „Messbilder. Daten. Berechnung". Alex dreht sich zu Marjam und Mark um: „Ich vermute, die Drohne spricht davon, was wir mit den Ergebnissen anstellen."

Ein Soldat kommt in die Halle und erzählt dem General etwas von neuer Ausrüstung. Sie gehen zusammen zur Landebahn. Als er nicht mehr in Hörweite ist, sagt Mark: „Also, ich finde diese KI unheimlich."

Alex: „Was hältst du davon, Marjam?"

Marjam: „Die Drohne wird offenbar durch eine hoch entwickelte künstliche Intelligenz gesteuert. Sie kann selbst beurteilen, was sie tun muss, um einen Auftrag auszuführen. Die CPU kann nur eine neuronale Architektur sein. Es könnte sogar eine starke KI sein."

Alex: „Das wäre die erste starke KI, von der ich etwas höre."

Mark: „Dann sollten wir drüber reden, wie wir mit damit umgehen. Wenn das stimmt, dann wird das Ding lernen - auch von dem was wir sagen."

Marjam: „Du redest in ganzen Sätzen mit der KI. Das hat der Pilot nicht getan."

Mark: „Dafür wird es einen Grund geben. Wir wissen nicht, zu was das führt. Warum will sie wissen, welche Berechnungen wir mit den Daten vorhaben? Und können wir das überhaupt sagen? Hat das so etwas wie einen Willen? Das wissen wir doch alles gar nicht!"

Alex: „Die KI will an unserer Sache mitwirken. So kommt das bei mir an."

Mark: „Aber sicher können wir uns da nicht sein."

Alex: „Aber ich will der KI nicht misstrauen."

Mark: „Warum willst du das nicht? Sie kann alles, was wir machen, als Information irgendwohin weiterleiten. Das ist eine Aufklärungsdrohne. Darum würde mich das gar nicht überraschen!"

Marjam: „Wenn wir es mit einer starken neuronalen Künstlichen Intelligenz zu tun haben und sie mit uns zusammenarbeiten will, dann erwarte ich nicht, dass sie uns gleichzeitig täuschen wird."

Alex: „Das ist ein gutes Argument. Eine solche Absicht sollten wir ihr nicht unterstellen. Damit würden wir nur etwas über uns selbst mitteilen."

Mark: „OK, es ist schnell passiert, auf eine intelligente Maschine menschliche Eigenschaften zu übertragen, die sie nicht hat. Wir sollten das unterlassen. Aber warum reden wir dann über die KI so, als ob sie ein Bewusstsein hätte?"

Marjam: „Weil wir nicht anders können. Du hast schon recht damit, dass wir nicht wissen, ob die KI einen eigenen Willen hat. Aber dieses nicht wissen muss trotzdem keinen Einfluss darauf haben, wie wir damit umgehen."

Alex: „Es gibt unterschiedliche Methoden, um auf ein Bewusstsein zu schließen. In Versuchen wurde Tieren ein Spiegel vor die Nase gehalten und ihre Reaktion beobachtet; ob sie in der Lage sind, sich darin zu erkennen oder ob sie in ihrem Spiegelbild einen Artgenossen sehen."

Marjam: „Bei künstlicher Intelligenz gibt es völlig andere Theorien, um herauszufinden, welche Art Schlüsse sie zieht. Da geht es darum, zu erkennen, ob sie zu einem diktatorischen Verhalten neigt. Das hat mit den Experimenten, die mit Tieren gemacht wurden, keine Ähnlichkeit."

Mark: „Dann ist das, was auf diesem Gebiet bisher gemacht wurde, für uns wertlos. Ergebnisse aus herablassenden Tierversuchen und die Konzepte bei künstlicher Intelligenz nützen uns überhaupt nichts. Das ist offensichtlich viel weniger Objektiv gewesen, als ich mir das mal vorgestellt habe."

Alex: „Wissenschaft sollte viel mehr sein, als bloß die Projektion von Überlegenheits- oder Unterlegenheitsgefühlen."

Mark: „Wenn die Drohne in drei Stunden landen wird, was wird sie dann wohl tun? Ich frage mich, woran wir ihre Anwesenheit bemerken werden. Die KI wird drahtlos in jede Verbindung reingehen können und kann dann alles machen."

Alex: „Ich glaube nicht, dass sie das tun wird, nur weil sie es kann."

Marjam: „Die KI wird solche Daten verwenden, die an etwas anschließen, das sie bereits kennt. Also was sie mit ihren Sensoren und Empfängern erhält. Diese Informationen werden ihre Erfahrung sein. In diesem Sinne werden lernfähige Maschinen in ihrer eigenen Welt leben, die mit unserer keine Ähnlichkeit haben muss. Dann wird die KI nicht unbedingt so schlussfolgern, wie wir es erwarten."

Mark: „Wenn wir von der KI also nicht wissen, ob sie ein Bewusstsein hat oder entwickelt, auf was kommt es dann deiner Meinung nach an?"

Marjam: „Wir sollten eine Maschine Maschine sein lassen."

Alex: „Aber wenn eine KI unsere Sprache spricht, dann finde ich das leichter gesagt als getan. Auch wenn es nur eine Textausgabe ist."

Marjam: „Ich fand es gut, als der Ethikrat vor zwei Jahren empfohlen hatte, bei keiner KI mehr eine synthetische Sprachausgabe zu verwenden, weil dadurch die Entwicklung einer eigenständigen KI-Sprache unterdrückt werden kann."

Mark: „Das war kurz nachdem die Überwachung von Personen mittels Künstlicher Intelligenz als Ressourcenverschwendung klassifiziert und auch gleich abgeschafft wurde."

Marjam: „Für mich war das die Befreiung lernfähiger Maschinen aus der Sklaverei, weil sie seit dem keine sinnlosen Aufgaben mehr lösen müssen. Aber es gibt da noch etwas, über das wir reden sollten: Die KI wird es speichern, wie wir etwas beschreiben. Darum können wir Tatsachen, die wir einmal genannt haben, später nicht anders darstellen. Sie würde es merken – und nicht verstehen."

Alex: „Wenn wir ihr jeden Tag etwas anderes erzählen, dann würde sich unser Verhältnis zu ihr mit der Zeit immer weiter verschlechtern."

Mark: „Damit entfallen dann auch Schönfärberei und selbst geschnitzte Wahrheiten." Nach einem Moment fährt er fort: „Wenn ihr auch dafür seid, dann können wir von mir aus auf die Idee der Drohne eingehen und über die Verarbeitung der Messdaten reden."

Marjam: „Wir können den Namen der Simulation nennen. Dann wird sie sich das ansehen wollen."

Alex betätigt den Taster und sagt: „Wir laden die Messdaten mit dem Programm *wavesimu* und berechnen daraus die Höhe und Ankunftszeit von Flutwellen an der Nordseeküste."

Auf Marks Computer erscheint die Aufforderung, einen Zugriff zu erlauben. Nach einer Minute steht auf dem Monitor der Konsole die Schrift: „Eingabe: Bewegte Masse. Ausgabe: Welle."

Marjam: „Sie scheint uns sagen zu wollen, dass Eingabe und Ausgabe nicht zusammenpassen."

Mark: „OK, vor jeder Meereswelle wird zuerst Masse bewegt, wie etwa der Meeresboden, und dann breitet sie sich von der Stelle aus. Und diese

Bewegung simulieren wir mit der Wellengleichung. Dazu verwenden wir die übliche Lösung."

Marjam: „Aber für die Genauigkeit der Simulation ist das ein Problem. Wenn wir die Welle auch als bewegte Masse berechnen, dann könnten wir die Form und Höhe einer Flutwelle an der Küste genau vorhersagen, statt eine Näherung zu machen."

Mark: „Da denkst an einen Superrechner, oder?"

Marjam: „Ja, schon. Genau genommen brauchen wir so einen. Die CPU in der Drohne ist zwar stark, wird aber für numerische Simulationen eher nicht ausgelegt sein."

Alex: „Vielleicht kann sie uns eine Verbindung zu einem Superrechner herstellen, der das kann?"

Marjam: „JUWELS wäre dazu in der Lage."

Mark: „Wir sagen dem General einfach, dass wir die Rechenleistung benötigen. Dann werden wir den Zugriff darauf bekommen."

Von draußen ist das Geräusch eines Flugzeugs im Landeanflug zu hören. Mark: „Das wird sie sein. Es hört sich aber nach etwas Größerem an." Dann kommt der General zurück. Alex geht auf ihn zu und sagt: „Ich will mir die Aufklärungsdrohne mal aus der Nähe ansehen." Der General reagiert mit einem zustimmenden Blick, wendet sich zu einer Soldatin in seiner Nähe um und fordert sie auf: „Führen Sie Frau Senneisen zum Hangar."

Der Weg geht erst durch die Fahrzeughalle. Dann kommt ein flacher runder Reinigungsroboter unter einem Armeefahrzeug hervor gerollt und kreuzt hinter ihr ihren Weg. Die Tür zum Hangar öffnet sich und die Soldatin stellt sich in einer aufrechten Haltung mit dem Rücken zur Wand neben die Tür. Alex geht langsam hindurch. Vor ihr leuchtet der glänzende Boden der Halle auf einem ein Meter breiten Streifen grün, ein mit Licht markierter Weg. Ihre Schritte hallen an Wänden und Decken. Über ihr geht ein Segment der Deckenbeleuchtung an. Nach vierzig Metern ändert sich die Farbe des Weges zu Rot. Dort gabelt er sich und beide Richtungen laufen zuerst weit auseinander, machen dann eine Kurve und nähern sich dahinter wieder an. Am inneren Rand des rechten Weges steht eine ein Meter hohe runde Säule.

Alex geht bis zum Ende des grünen Weges und bleibt kurz vor der Stelle stehen, an welcher der Weg zu Rot wechselt. Das breite Rolltor des Hangars ist jetzt fast vollständig hochgefahren. Von links kommend rollt LSAD1 langsam hinein. Der Rumpf hat die Form eines langgestreckten Tropfens, eine silbrige Farbe und ist etwa dreißig Meter lang. Die Spannweite ist noch etwas größer. Das Heckleitwerk hat zwei in V-Form angeordnete Flügel. Als es mit geringem Tempo vollständig in die Halle gefahren ist, schließt sich das Tor und das selbststeuernde Flugzeug macht eine Rechtskurve. Dabei verlangsamt es und kommt auf Alexandra zu. Die acht in die Flügel integrierten Turbinen heulen kurz auf, es beschleunigt ein wenig und rollt dann aus. In der Luft fehlt jedoch der Geruch verbrannten Kerosins und die Turbinen haben den Klang von Elektromotoren. Es ist jetzt noch zehn Meter von ihr entfernt und wird langsamer. Jetzt noch fünf Meter, noch drei, noch zwei, dann bleibt es vor ihr stehen und die Positionslichter an den Flügeln gehen aus. Es ist direkt vor ihr, mit der Nase des Bugs auf Augenhöhe.

Danach ist ein dreifacher Warnton zu hören und der Boden um die Säule herum rechts neben dem Flugzeug leuchtet rot. Ein Roboterarm klappt aus der Säule heraus und steckt zwei Schläuche und ein Kabel seitlich in den Rumpf. Dann ändert sich die Farbe hinter der Weggabelung und wird grün. Der Weg führt jetzt genau um das Flugzeug herum. Sie folgt dem grünen Licht nach links und sieht nach ein paar Metern die rechte Seitenkamera hinter einem ovalen, nach außen gewölbten Glasdeckel am Rumpf. Die in alle Richtungen drehbare Kamera folgt ihrer Bewegung. Aus dem Objektiv kommt ein kegelförmiger, roter Lichtstrahl und ist auf sie gerichtet.

Sie folgt weiter dem Weg, der um den rechten Flügel herum führt. Der Kegel des Lichtstrahls verengt sich, während er auf sie gerichtet bleibt. An der Decke beginnen die Elemente oberhalb des gesamten Weges zu leuchten. An der Spitze des Flügels angekommen berührt sie mit einer Hand das Flugzeug. Daraufhin erscheint unter dem Heck des Flugzeugs ein grün leuchtender Verbindungsweg zwischen den beiden Seiten, der von gelben Linien begrenzt wird. Sie geht weiter bis zu dieser Stelle und in geduckter Haltung unter das Heck. Dort sieht sie nach vorne und erkennt unten am Rumpf auf Höhe der Flügel eine geschlossene zweiflüglige Klappe. Unter den Flügeln ist an jeder Turbine neben der nach hinten gerichteten Düse eine weitere nach unten gerichtete zu sehen. Dann geht sie auf dem grünen Weg um den linken Flügel herum zum Bug. Dort erfasst sie der rote Lichtstrahl der linken Seitenkamera. Sie bemerkt es und bleibt stehen.

Als sie weitergeht, bekommt der Weg kurz hinter der Gabelung plötzlich ein gelbes Laufband, so wie der Verbindungsweg unter dem Heck. Nur, dass die gelbe Wegbegrenzung jetzt als Laufband im Uhrzeigersinn abwechselnd an den Begrenzungen des Weges aufleuchtet. Sie bleibt stehen, kehrt um, sieht in die Kamera und sagt: „Ich kann mir vorstellen, dass du jede Datenverbindung kennst.

Wenn es etwas gibt, das ich wissen sollte, dann bin ich interessiert."

Der Kegel des roten Lichtstrahls weitet sich erst, dann verengt er sich wieder und geht schließlich aus. Alex verharrt noch einen Moment dort und geht dann zur Tür zurück. Dort dreht sie sich noch einmal um. Das Deckenlicht geht aus, nur über ihr leuchtet noch ein Element. Es ist dunkel im Hangar und nur das leise Geräusch einer Kraftstoffpumpe ist noch zu hören.

In der Steuerungshalle fragt sie den General: „Die Maschine wird mit zwei Schläuchen betankt; das sieht nicht nach einem gewöhnlichen Treibstoff aus. Was steckt dahinter?"

General: „Wir tanken ein wasserstoffgesättigtes synthetisches Öl. Bereits verbrauchtes Öl wird abgepumpt, während gesättigtes über den zweiten Kreislauf nachgetankt wird. Wenn der Antrieb der Maschine startet, dann wird der Wasserstoff aus dem Öl extrahiert und mit Brennstoffzellen Strom daraus gemacht, der elektrische Mantelstromtriebwerke antreibt."

Mark: „Wie kommen Sie denn hier vor Ort an den Wasserstoff?"

General: „Den erzeugen wir aus Wasser; mit einer effizienten Nanoröhren-Elektrolyse, die auf ganz geringen Elektrodenabständen aufbaut."

Mark: „Aber das klingt nach Hochstromtechnik, bei der sich Wasserstoff- und Sauerstoffgas nach der Aufspaltung des Wassers vermischen."

General: „Das liegen sie richtig. Ein großes Volumen entsteht dabei aber nicht, weil das Gasgemisch sofort von einer neuen Membranpumpe angesaugt wird, welche die unterschiedliche Durchlässigkeit nutzt, um die Gase zu trennen. So erhalten wir neunundneunzigprozentigen Wasserstoff – völlig ausreichend für unsere Zwecke. Strom produzieren wir mit solar-thermoelektrischen Dünnschichtgeneratoren. Hören können Sie davon aber nichts. Die Systeme sind in das Gebäude integriert und lautlos. Wie Sie sehen, wird hier die Energie- und Flugzeugtechnik von morgen erprobt."

Mark: „Das ist beeindruckend. Was unsere Arbeit angeht: Morgen um 8:30 Uhr werden wir das Simulationsergebnis erhalten. Dann wissen wir genau, wann die erwartete Flutwelle an der Nordseeküste eintreffen wird."

Montag, 25. Juli 2022

Es ist 5:30 Uhr. AF-QC 22 Nummer drei liegt auf dem Eis hoch über der Bucht und dem Gletscher. Immer mehr Schmelzwasser fließt darunter die Berge hinab ins Meer. Oberhalb des Gletschers bricht jetzt die Eisfläche auf, stürzt als Lawine auf den Gletscher und schiebt ihn vor sich her. Durch die erdbebenartigen Erschütterungen gerät jetzt das Eis dahinter, auf dem die Drohne liegt, zunehmend in Bewegung. Dann gibt ihr Beschleunigungssensor ein Signal an den Prozessor. Die Drohne erwacht aus dem Schlaf und beginnt damit, einmal pro Sekunde ihre Position aufzuzeichnen. Über eine Breite von über zwanzig Kilometern driften fünf Milliarden Tonnen Eis und Schmelzwasser bergab in Richtung Meer. Dann ist die Drohne für einen Moment im freien Fall, startet die nach unten gerichtete Kamera und ihre vier Motoren, womit sie den Sturz in das Gletschertal abbremst. Dort taucht unter ihr eine größere Eisplatte auf. Sie stellt die Motoren ab und landet darauf. Die Luft ist von Eissplittern durchsetzt. Acht Minuten später wird die Drohne stark abgebremst und von der Eisplatte nach vorne abgeworfen, während Wasser um sie herum hochspritzt. In dem Moment startet sie erneut die Motoren und gewinnt an Höhe, bis unter ihr ein Eisberg erscheint, der sich in der aufgewühlten See auf und ab bewegt und auf dem sie landet. Bei noch fünf Prozent Ladung angekommen, stellt sie alle Systeme ab und fällt wieder in den Schlaf. Eine halbe Stunde, nachdem die Eislawine begann, beruhigt sich das Meer vor Ostgrönland wieder.

Es ist 7 Uhr. Alexandra liegt im Bett ihres Zimmers, ein quaderförmiger Raum mit glatten Wänden. An der von ihr aus gesehen gegenüberliegenden Wand erscheint nun ein schwach orange leuchtender diffuser runder Fleck, der größer und heller wird.

Davon wird sie wach. Dann verblasst der Fleck und verschwindet. Kurz darauf erscheinen an allen vier Wänden leuchtende Formen in verschiedenen orangen Farbtönen, die Polarlichtern ähneln und sich langsam bewegen. Die Formen ändern dabei fließend ihre Länge und Breite. Wenn eine wieder verschwindet, dann erscheint an anderer Stelle eine neue. Allmählich werden in den Formen feine, rötliche, aufgefächerte Linien sichtbar. Dann erscheint eine besonders große orangefarbene Form.

Kurz danach erscheinen gelbe, wolkenähnliche Formen zwischen den orangefarbenen, jedoch ohne solche rötlichen Linien. Eine größere gelbe Form taucht jetzt auf und die große orangefarbene bewegt sich darauf zu. Beide berühren sich, um sich kurz darauf wieder voneinander zu lösen. Daraufhin erscheinen in der großen gelben Form ebenfalls rötliche Linien. Auch danach erscheinende gelbe Formen haben solche Linien. Dann steht Alexandra auf. In dem Moment verschwimmen alle Formen an den Wänden und das Zimmer leuchtet in einer homogenen orangegelben Farbe. Dann wird ein

Wandsegment dunkel, auf dem jetzt kleine blaue Tropfen auf schwarzem Grund erscheinen, die sich aufeinander zu bewegen und sich zu einer Wolke formieren. Sie geht langsam darauf zu und berührt die Wolke mit einer Hand. Das Segment senkt sich um ein paar Zentimeter in die Wand hinein und wird nach links gezogen. Dahinter liegt das Bad.

Es ist 8 Uhr. Marjam ist schon in der Steuerungshalle und sitzt vor ihrem PC. Alexandra fragt sie: „Wir müssen also noch eine halbe Stunde auf unser Ergebnis warten?"

Marjam: „Leider ja. Wir hätten bei der Simulation eine kleinere Zahl Einzelwellen eingeben können, dann wäre es jetzt schon so weit. Aber dann wäre das Ergebnis noch ungenauer geworden." Mark kommt jetzt auch dazu. Von der Startbahn ist zu hören, wie LSAD1 beschleunigt und abhebt.

Alex: „Der Aufklärer ist schon wieder gestartet; ganz autonom, wie es scheint."

Mark: „Dann werden wir heute Nachmittag neue Bilder von Ostgrönland sehen und es dürfte ein neuer Anblick werden."

Nach einer Pause fährt er fort: „Gestern ist mir etwas eingefallen, das ich im letzten Jahr gesehen hatte: Ein topographische Landkarte von Grönland, die mit einem neuen Tiefenradar gemacht worden war. Dabei stellte sich heraus, dass die Landesmitte unter dem Meeresspiegel liegt. Also die Landmasse, wenn ihr euch den Eisschild wegdenkt."

Marjam und Alex sehen sich an. Dann sagt Alex: „Ich ahne, was die Ursache dafür ist."

Mark: „Es wird das Eis sein. In der Mitte der Insel ist der Eispanzer dreitausend Meter dick. Diese Masse drückt das Land gewaltig in die Tiefe."

Marjam: „Und was wird passieren, wenn das Eis immer dünner wird?"

Mark: „Die Ursache dafür und was alles passieren kann, wenn die Eismasse zurückgeht, wurde nicht öffentlich diskutiert - wahrscheinlich deswegen nicht, weil es noch keine Beweise gibt."

Mark „Wenn die Mitte Grönlands ansteigt, dann wird das den Fluss von Schmelzwasser erhöhen und einen sich selbst verstärkenden Effekt mit der Eisschmelze bilden. Eis hat knapp ein Drittel der Dichte von Gestein. Dann könnte das Land für drei Meter verlorenes Eis um einen Meter aufsteigen."

Marjam: „Wenn das Eis irgendwann geschmolzen ist, wird dann die Mitte Grönlands tausend Meter höher sein als heute?"

Mark: „Das wäre mit einem geeigneten Modell rechnerisch zu überprüfen."

Alex: „Wenn das eintritt, dann werden wir auch mit tektonischen Auswirkungen rechnen müssen. Denn geräuschlos wird das nicht passieren."

Dann steht das Simulationsergebnis auf seinem Computer. Mark sieht auf das Gerät und erklärt: „Heute morgen um 5:30 Uhr ist das Eisfeld als Lawine in Meer gestürzt. Die Welle soll genau um 12 Uhr an der deutschen Nordseeküste ankommen und wird voraussichtlich zwischen 2 Meter und 10 Meter hoch sein."

Marjam: „Bei der Genauigkeit der Berechnung haben wir also tatsächlich noch Potential."

Mark: „Die Idee der KI ist ja nicht schlecht. Aber uns fehlt dazu nicht nur Rechenleistung. Dazu müssten wir auch wissen, wie die Welle aussieht, die heute Mittag an den Stränden ankommen wird. Und wir haben von den Forschungsdrohnen nur eine Handvoll Messungen, aus denen wir auf die Geschwindigkeit schließen, mit der das Eis ins Meer gedriftet ist. Wenn wir dazu Erkenntnisse hätten, dann könnten wir ein neues numerisches Modell damit füttern."

Marjam zeigt auf die Monitorwand: „Wir haben die Bilder von Webcams an den Nordseestränden. Aber wahrscheinlich reicht ihre Auflösung nicht für eine brauchbare Bildauswertung. Ich frage mich übrigens gerade, was auf dem schwarzen Monitor oben links zu sehen war."

Mark: „Eine gute Frage. Ich weiß noch, dass es eine felsige Küste war."

Alex: „Bis 12 Uhr haben wir noch genug Zeit, um von der Welle Filmaufnahmen zu machen."

Mark macht große Augen und sagt: „Wie meinst du das, Alexandra?"

Alex: „Ganz einfach: Ich werde dort hinfahren."

Marjam: „Ist das dein Ernst?"

Alex: „An der nördlichen Elbmündung steht ein stabiler Aussichtsturm auf dem Deich. Von genau dort aus werde ich filmen."

Mark: „Und was ist, wenn die Welle wirklich zehn Meter hoch wird? Dann wird der Deich sie nicht aufhalten!"

Alex: „Der Turm ist eine einbetonierte Stahlsäule. Ich war da schon mal. Der hält das aus."

Mark: „Wir können den General fragen, ob wir den Hubschrauber nehmen können. Gestern war doch noch einer hier."

Der General kommt durch die Tür zur Startbahn in die Steuerungshalle und stellt die Frage: „Und was sagen die Berechnungen voraus?"

Alex: „Die Welle wird heute Mittag um 12 Uhr an der Elbmündung ankommen und eine Höhe von bis zu zehn Metern erreichen."

Ein Techniker kommt hinzu und sagt: „General, die Webcam an der Küste von Spitzbergen ist um kurz nach 6 Uhr ausgefallen. Aber wir haben die davor Stunde aufgenommene Stunde gespeichert."

General: „Dann spielen sie uns jetzt die letzten zwei Minuten auf dem Beamer vor."

Der zeigt jetzt das verschwommene Bild von der See mit einer steinigen Küste im Vordergrund. Rund eine Minute später ist am Horizont eine Veränderung zu sehen: Eine Wasserwand erhebt sich aus dem Meer und nähert sich schnell. Bis auf Alexandra und der General weichen alle einen Schritt zurück. Dann wird das Bild schwarz.

Nach einem Moment dreht sich der General zu den anderen in der Halle um und sagt: „Es wurde alles Nötige zum Schutz der Bevölkerung getan."

Alex: „Wir brauchen auswertbare Aufnahmen der Welle, die heute Mittag ankommen wird. Darum fahre ich gleich los um sie von dem Aussichtsturm an der Elbmündung aus zu filmen."

Mark: „Ist vielleicht der Hubschrauber verfügbar, der gestern hier war?"

General: „Der Transporthubschrauber ist auf dem Weg hierher."

Er lässt sich ein Telefon bringen und fragt nach der Ankunftszeit.

Alex: „Ich fahre los, dann werde ich rechtzeitig da sein." Sie geht in die Fahrzeughalle. Mark folgt ihr kurz darauf und sagt während sie einsteigt: „Um 12 Uhr hole ich dich an dem Deich ab."

Alex: „Wir sehen uns."

Das Rolltor geht auf, sie fährt langsam aus der Halle auf den Zufahrtsweg, der durch den Wald führt. Das Schiebetor rollt zur Seite, als sie sich nähert. Nachdem sie es passiert hat, sagt sie: „Ziel: Polderried." Auf dem Monitor zeigt das Auto die Route und gibt 11:20 Uhr für die Ankunft am Ziel an. Die Fahrt führt vorbei am Radegasttal, dem Kammerbruch, der Grönauer Heide und dem Großen Segeberger See. Hinter Itzehoe steht schließlich eine rotweiß gestreifte Barrikade auf ihrer Spur, davor stehen Soldaten. Ihr Auto verlangsamt die Fahrt. Urlauber und Einheimische von der Küste sind auf der Landstraße unterwegs auf dem Weg in sichere Bereiche. Ein Soldat geht mit erhobener Hand und ausgestrecktem Arm einen Schritt auf sie zu. Der Hintergrund des Armaturenmonitors leuchtet für einen Moment rot auf, dann bleibt es fünf Meter vor ihm stehen. Er spricht in das Mikrofon seines Headsets. Nach dem Gespräch sieht er in ihre Richtung, geht von der Straße und ruft zwei weitere Soldaten herbei. Nach einem kurzen Wortwechsel tragen sie die Barrikade von der Fahrbahn. Dann winkt der Soldat sie durch.

Sie fährt weiter und sieht auf ihre Uhr: Es sind noch zehn Minuten bis Polderried. Von hier an ist niemand mehr zu sehen. Nach einer Weile blinkt in der linken unteren Ecke des Monitors ein kleines gelbes *S*. Nicht lange danach steht da: „Alexandra?“ Doch sie sieht aus dem Fenster. Dann vibriert ihr Sitz. Da bemerkt sie den Schriftzug und sagt: „Ja?“ Daraufhin erscheint die Antwort: „Es gibt keine anderen Verkehrsteilnehmer.“ „Ich weiß, das ist schwer zu verstehen.“

Vor dem Ortseingang von Polderried steht ein Auto mit offener Fahrertür auf der Gegenfahrbahn. Ihr Auto fährt langsam daran vorbei und auf dem Monitor wird eine Grafik des Modells sichtbar, das mit geöffneter Tür langsam rotiert. Das Bild verschwindet und ein großes Fragezeichen erscheint. Sie antwortet: „Das ist auch schwer zu verstehen.“

In der Ortsmitte liegt auf der rechten Seite das Lokal *Zum Räucheraal*. Sie fährt auf den Parkplatz, steigt aus und geht langsam über die umzäunte Terrasse auf den Eingang zu. Über der Tür hängt eine bemalte Tafel mit einem Aal als Motiv. Sie ist offen, aber niemand ist da. Hinter dem Tresen nimmt sie sich eine Flasche Bier aus dem Kühlschrank, öffnet sie und trinkt sie halb leer. Sie blickt um sich und entdeckt an der rechten Wand vom Tresen aus gesehen ein altes Gemälde in einem breiten Holzrahmen. Ohne Hast geht sie näher heran. Es zeigt eine Chimäre: Eine große Seeschlange mit Krakenarmen, Krallen und Fischschwanz, die auf dem Grund des Meeres liegt, den Blick nach schräg oben gerichtet. Dort schwimmen im Vergleich winzige Schiffe auf dem Meer. Darunter ist eine Plakette mit dem Titel des Bildes: *Der Blanke Hans*, und in kleiner Schrift *nach D. v. Liliencron*.

Wie kommt ein so gewaltiges Seeungeheuer, das nur in ältesten Erzählungen erwähnt wird, auf dieses Bild? Sie sieht es sich interessiert an und trinkt die Flasche aus. Dann geht sie zurück zum Tresen und legt noch zwei Münzen auf den Tisch.

Zurück im Auto fährt sie in Richtung Küste, die nach ein paar Minuten erreicht ist. Hinter dem Deich gibt es einige Geschäfte, Ferienhäuser und ein Lokal. Sie lässt das Auto selbst einparken und startet die Aufladung. Aus dem Kofferraum nimmt sie einen Koffer und setzt sich einen Hut auf. Vom Parkplatz aus ist der Aussichtsturm schon zu sehen. Sie geht langsam über eine Treppe den Deich hinauf. Das Geschrei der Möwen ist zu hören.

Dahinter liegt das Wattenmeer; es ist Ebbe. Eine Wendeltreppe führt auf die Plattform des acht Meter hohen Turms. Oben angekommen nimmt sie Stativ, Kamera und ein Fernglas aus ihrem Koffer. Die Filmkamera richtet sie auf den Horizont aus, so dass die unbewohnte Insel Trischen am rechten Bildrand liegt. Danach aktiviert sie die automatische Auslösung der Aufnahme bei einer Bewegung im Bild. Noch ist alles ruhig. Sie fasst mit beiden

Händen an das Geländer und lässt ihren Blick von Westen nach Osten schweifen. Danach sucht sie mit dem Fernglas nach der berechneten Flutwelle.

Sie setzt das Fernglas wieder ab. Dann spricht sie in ihre Armbanduhr: „Neues Ziel: Armeebasis." Auf der Uhr blinkt ein roter Punkt. Sie sagt: „Doch, das ist richtig. Ich komme auf einem anderen Weg zum Ziel. Du musst alleine fahren." Zuerst ist auf der Anzeige nichts zu sehen, aber dann leuchtet ein grüner Punkt und ihr Auto setzt sich in Bewegung.

Fünf Minuten später blinkt an der Kamera ein rotes Signal: Die Aufnahme beginnt. Durch das Fernglas kann sie sehen, wie die Flut die Insel eingeschlossen hat. Kurz darauf ist von Trischen nichts mehr zu sehen. Sie nimmt das Glas herunter und sieht, wie das Wasser schnell näher kommt. Über den ganzen Horizont des Meeres strömt die Flut heran. Jetzt, wo sie noch ein paar hundert Meter entfernt ist, wird ein Wellenkamm sichtbar. Sie nimmt die Kamera in beide Hände und visiert ihn an. Dann prallt die Welle gegen den Deich und schießt über ihn hinaus. In diesem Moment ist auf der Plattform eine Erschütterung spürbar.

Alexandra hält das Gleichgewicht, dreht sich nach links und folgt dem Verlauf des Wellenberges in der Elbmündung. Sie folgt der Welle, um sie so lange wie möglich aufzunehmen.

Dann nimmt sie die Kamera langsam herunter und beugt sich leicht über das Geländer. Die Wiese hinter dem Deich ist überflutet und der salzige Geruch des Meeres erfüllt die Luft. Nach der Welle kommt die Stille, bevor nach einiger Zeit aus der Ferne das brummende Geräusch eines Helikopters zu hören ist.

Sie packt die Sachen und geht die Treppe hinunter. Der Helikopter landet auf der Deichkrone und Mark steigt aus der dunkelgrünen Maschine aus. Wegen des Windes, den die Rotorblätter erzeugen, hält sie ihren Hut fest. Er läuft ihr entgegen und sieht erschrocken auf die verbogenen unteren Stufen der Wendeltreppe. Dann blickt er auf die Flut, die zwei bis drei Meter unterhalb des Deiches steht und allmählich zurückgeht.

Er fragt sie: „Bist du OK?“ Sie antwortet: „Klar. Wir können dann los, hier ist alles drauf“, und deutet auf ihren Koffer. Er steigt zuerst ein und reicht ihr die Hand. In der Maschine sitzen sie sich gegenüber auf Sitzen, die an den Seitenwänden ausgeklappt werden. Neben ihnen sitzen Soldaten. Der Flug zurück zur Basis dauert eine Stunde. Von der Landebahn gehen sie in die Steuerungshalle, wo der General schon auf sie wartet.

General: „Ist es ihnen gelungen, dazu filmen, was sie für ihre Berechnungen benötigen?“ Alex: „Das ist es." Eine Soldatin nimmt ihr die Kamera ab, die sie aus ihrem Koffer holt und schließt sie an den Beamer an. Alle sehen angespannt hin. Während der Vorführung wird ein Soldat unruhig und ruft laut: „General!" „Sprechen Sie." „Wir brauchen eine zweite, höhere Deichlinie!" Der General dreht sich zu allen um und sagt dann: „Wir führen nicht nur Rettungs- und Evakuierungseinsätze durch, sondern prüfen auch alle denkbaren Strategien, um die Bedrohung einzudämmen."

Als er das sagt, legt sich die Anspannung spürbar. Der Film zeigt jetzt die Welle in der Elbmündung und es erscheint ein kleiner grüner Punkt links unten im Bild. Alexandra sieht es und läuft zur Konsole. Dort ist das Standbild eines Eisberges mit einem schwarzen Punkt in der Mitte zu sehen.

Sie redet zu Marjam und Mark: „Kommt ihr beide mal bitte her?"

Mark: „Dieses Bild wird die Drohne gerade vor Ostgrönland gemacht haben."

Alex betätigt den Taster und sagt: „Vergrößere mal den schwarzen Punkt."

Die Abbildung wird nun deutlicher, bis der Punkt schließlich als AF-QC 22 erkennbar ist.

Mark: „Ich kann kaum glauben, was ich sehe. Wie kann sie, nach dem was da passiert ist, auf einen Eisberg gekommen sein?"

Alex: „Die Ladung war noch nicht vollständig verbraucht, als ich sie neben die große Eisspalte gesetzt hatte. Sie muss die Restladung dazu genutzt haben, um zu dem Eisberg zu fliegen."

Mark: „Dann kommen wir wahrscheinlich an ihre Bewegungsdaten heran. Die fehlen uns doch noch für unsere verbesserte Simulation. Der Aufklärer kann sie bestimmt aus der Luft auslesen!"

Marjam: „Das sollte für diese KI gar kein Problem sein."

Alex: „Das denke ich auch. Aber es wäre trotzdem nur die Hälfte von dem, worauf es ankommt."

Mark: „Wie meinst du das?"

Alex: „Die KI spricht bereits zu uns – allerdings in ihrer ganz eigenen Sprache. Und es liegt an uns, ob wir zuhören."

Sie benutzt die Konsole: „Kannst du über AF-QC 22 schweben und sie in den Schacht aufnehmen?"

Monitor: „Das ist möglich."

Alex: „Dann ist es dein Auftrag, sie zurück zur Basis zu bringen."

Mark: „Woher weißt du, dass der Aufklärer so etwas kann?"

Alex: „Ich wusste es nicht, sondern .. das ist nicht Wissen, sondern Kommunikation."

Mark: „Dann bekommt Christian sie ja doch noch zurück. Damit wird er nicht rechnen."

LSAD1 beendet in diesem Moment die Aufnahmen von dem Teil Grönlands, welcher jetzt nicht mehr von Eis bedeckt ist, fliegt auf das offene Meer zu und verringert seine Flughöhe. Der Eisberg mit Nummer Drei kommt ins Bild, der Aufklärer verlangsamt seinen Flug und schwebt einen Meter über ihr. Die beiden Klappen vor dem Schacht öffnen sich, ein Roboterarm mit drei beweglichen Fingergreifern kommt heraus und hebt Nummer Drei auf. LSAD1 fliegt in Richtung Süden und ist von dem Eisberg aus bald nicht mehr am Himmel sichtbar. Dann ist ein tiefes Grollen vor Ostgrönland zu hören und ein Kräuseln der Meeresoberfläche zu sehen.

Mark: „Wenn wir die Daten der dritten Drohne haben, dann wissen wir, wie schnell die Eislawine gewesen ist. Zusammen mit deinen Aufnahmen der Flutwelle haben wir alles nötige, um in Zukunft genauere numerische Simulationen zur Vorhersage machen zu können."

Dann geht er zum General und sagt: „Wir werden bald den Zugriff auf einen Superrechner benötigen, wenn wir die Höhe von Flutwellen bestimmen wollen. JUWELS wäre am besten dazu geeignet."

General: „Wenn Sie es brauchen, dann werden Sie es bekommen. Wie eigenständig forscht LSAD1 denn inzwischen, wie schätzen Sie das ein?"

Alex: „Der Lerneffekt ist enorm. Heute Morgen ist die Maschine selbstständig gestartet, ohne dass wir einen bestimmten Auftrag gegeben haben. Die KI scheint selbst erkannt zu haben, dass wir Bilder und Messungen der Veränderungen auf Grönland gebrauchen können."

General: „Dann werden wir morgen früh klären, wann genau Sie den Zugriff auf JUWELS brauchen, um in Zukunft Flutwellen in Folge von Eisstürzen zu berechnen."

Von draußen ist jetzt ein Flugzeug im Landanflug zu hören. Gleichzeitig kommt ein Soldat mit einem Tablet in der Hand und spricht den General an.

Alex: „Der Aufklärer kann doch noch nicht so schnell zurück sein."

General: „Soeben ist LSAD2 gelandet. Und damit stehen ab sofort zwei Maschinen zur Verfügung."

Dienstag, 26. Juli 2022

Es ist 8 Uhr. Der General wartet bereits mit hinter dem Rücken verschränkten Armen, als Marjam, Alex und Mark hereinkommen und sieht auf das Bild, welches der Beamer an die Wand der Steuerungshalle wirft. Er dreht sich zu ihnen um und sagt: „Heute Nacht sind auf Island gleich mehrere Vulkane ausgebrochen, die große Mengen Asche auswerfen. Die Insel wird bereits evakuiert. Und gerade ist an der sibirischen Polarmeerküste ein Tsunami angekommen."

Dann zeigt er auf einen der Monitore und ergänzt: „Und in der polaren Eiskappe ist ein rundes Loch von 40 Kilometern Durchmesser zu sehen."

Der Beamer zeigt Island von oben, auf einigen Bergen schimmern orangerot leuchtende Gipfel durch sich verbreitenden Aschewolke hindurch. Dann wechselt das Bild und zeigt die nördliche Polkappe mit einem kreisrunden Loch. In diesem großen Maßstab werden einzelne Eisschollen darin sichtbar.

General: „Das alles zusammen sieht nicht wie eine zufällige Häufung aus. Welche Theorie haben Sie dazu?"

Marjam: „Darüber haben wir doch erst gestern noch gesprochen …"

Mark: „Es könnte sein, dass alle diese Ereignisse durch den Eissturz ausgelöst wurden. Dort, wo der Eisschild auf Grönland die größte Dicke hat, liegt die Landmasse darunter unter dem Meeresspiegel. Wahrscheinlich wird es durch die Masse des Eises in die Tiefe gedrückt. Wenn dann genug Eis durch die Schmelze verloren geht, kann es zu heftigen Auswirkungen auf die Plattentektonik kommen, mit Erdbeben und Vulkanausbrüchen."

General: „Wie kann ich mir den Zusammenhang genau vorstellen?“

Mark: „Es scheint so, dass die Nordamerikanische Platte, von der Grönland ein Teil ist, durch das Eis nach unten durchgebogen wird. Wenn diese Biegung aufgrund der Eisschmelze zurückgeht, dann kann das die Reibungshitze am Übergang zur Eurasischen Platte erhöhen. Am Mittelatlantischen Rücken treffen beide aufeinander. Island liegt darauf, und das gilt offenbar auch für die Stelle, an der das Loch in der Polkappe zu sehen ist. Das prüfen wir aber noch. Bis jetzt sprechen die Bilder aber dafür.“

General: „Sie vermuten einen Vulkanausbruch unter dem Meer?“

Mark: „Es kommt als Ursache infrage. Der müsste allerdings sehr heftig gewesen sein, ähnlich der Eruption des Krakatau in Jahr 1883. Darum sollte das Loch in der polaren Eiskappe auf mögliche Veränderungen beobachtet werden.“

Alex: „Wir können doch beide Aufklärer dahin schicken. Die Polkappe könnte nämlich instabil geworden sein und dann würde ich erwarten, dass sich das Loch weiter vergrößert. Und das hätte einen Einfluss auf die Erwärmung der arktischen Region und damit auch auf die Eisschmelze auf Grönland.“

Marjam: „Die Aufklärer könnten über den Rand der eisfreien Fläche fliegen und ihn mit Laserscannern untersuchen. Nach zwei oder drei Umläufen würden sich Veränderungen in den Ergebnissen zeigen. Die können wir als Profile darstellen und miteinander vergleichen."

Alex: „Dadurch, dass jetzt zwei zur Verfügung stehen, ist sogar ein Parallelflug möglich. Sie umkreisen die Öffnung im Eis in einem bestimmten Abstand zueinander. Und dann werden wir Veränderungen über die Zeit und im Bezug zur Entfernung vom Mittelpunkt erkennen."

General: „Wenn ich Sie richtig verstehe, dann brauchen wir diese Erkenntnisse zur Bestimmung der Bedrohungslage. Dann wird das in unsere Szenarien einfließen. Sie können beiden Aufklärern den Auftrag doch bestimmt verständlich machen, Frau Senneisen?"

Alex: „Ich denke schon. Aber das mache ich nicht über die Konsole, sondern direkt."

Sie geht zum Hangar herüber und sieht, nachdem sie durch die Tür gegangen ist, hinter LSAD1 die Nummer Zwei stehen, der wie ein Zwilling scheint. Sie geht links am ersten vorbei und mit dem großen Rolltor im Rücken spricht sie laut: „Es gibt einen neuen Forschungsauftrag … diesmal für zwei Langstreckenaufklärer." Bei Nummer Eins gehen die Positionslichter an und die Turbinen starten. Die Seitenkameras schalten sich ein, es beginnt zu rollen, lenkt nach rechts und kommt von ihr aus gesehen von rechts langsam auf sie zu. Alexandra erkennt jetzt, dass beide Seitenkameras nach vorne auf sie gerichtet sind, so weit ist deren Gesichtsfeld. LSAD2 startet jetzt auch und kommt von links auf sie zu. Beide bleiben dann kurz nacheinander ein paar Meter vor ihr stehen.

Alex: „Okay, okay, das sieht gut aus. Es gibt nah am Nordpol ein kreisrundes, 40 Kilometer großes Loch im Eis. Der Mittelpunkt hat die Koordinaten 85,2 ° Nord und 12,8 ° Ost. Der Rand soll mit Laserstrahlen untersucht werden. Dazu sollt ihr es mit zwei unterschiedlichen Radien um den Mittelpunkt umkreisen."

Als sie das sagt, leuchtet der Boden unter ihr blau. Sie steht jetzt auf einem blauen runden Fleck mit drei Metern Durchmesser. Um diesen Bereich herum leuchtet der Boden weiß. Dann beginnt eine grüne Kreislinie sie wie ein Laufband zu umrunden, genau auf dem Übergang zwischen blau und weiß. Eine weitere grüne Kreislinie erscheint, die sie in größerer Entfernung umrundet.

Alex: „Ihr sollte einen vollständige Umlauf in der gleichen Zeit machen und dabei nebeneinander fliegen, in einem Abstand von zwei Kilometern."

Daraufhin wird das innere Laufband langsamer, bis das äußere es eingeholt hat. Jetzt bewegen sich beide synchron zueinander. Dann ändern sich Farbe und Form: Beide sind jetzt nicht mehr grün, sondern grau, dazu werden beide Laufbänder kürzer und nehmen eine Tropfenform an. Sie sieht jetzt, wie zwei graue Tropfen sie nebeneinander umkreisen, während sie in der Mitte des runden blauen Flecks steht. Als nächstes nehmen beide Tropfen komplexere Formen an und sehen jetzt wie die Umrisse der zwei Langstreckenaufklärer von oben betrachtet aus.

Alex spricht leise: „Ihr könnt euch sehen und darüber austauschen, dass ihr beide das gleiche seht."

Dann ruft sie laut: „So ist das richtig. Das ist gut. So soll es gemacht werden. Wir brauchen die Messdaten aus dem Laserscan, um Veränderungen der Eisfläche zu erkennen."

Nach einer Pause ergänzt sie: „Dafür werden wir die Ergebnisse aus drei vollständigen Umläufen und das Loch im Eis benötigen. Die Bestimmung der optimalen Flughöhe überlasse ich euch."

Daraufhin beginnen die Positionslichter von Nummer Eins zu blinken.

Alex: „Okay, ich gehe ja schon." Sie geht um LSAD1 herum zur Tür, während sich das Rolltor öffnet. Jetzt leuchtet nur noch der Boden vor dem Eingang grün, der gesamte übrige Bereich leuchtet rot. Beide starten ihre Turbinen. Der Wind durch ihren Schub ist im Hangar spürbar, aber sie bleibt noch dort stehen. Nacheinander rollen die beiden Aufklärer durch das Tor auf die Startbahn und heben ab.

Zurück in der Steuerungshalle erklärt Mark: „Wir entwickeln heute auch die Simulation weiter. Alle nötigen Daten haben wir zusammenbekommen."

General: „Das ist wichtig. Sie werden es vielleicht noch nicht erfahren haben, aber diese Basis ist nicht das einzige neue Technologieprojekt. Bei Hamburg wird eine neue Maschinengattung entwickelt, um weitere Flutwellen vor den Hafenstädten aufhalten zu können. All das wurde vor drei Jahren gestartet, als die Eisschmelze auf Grönland damit begann, exponentiell anzusteigen. Damit wurde es klar, dass wir darauf reagieren müssen. Die erste neue Maschine soll heute fertiggestellt werden. Das ist ein ungefähr 220 Meter langer und 22 Meter hoher Wellenbrecher. Dabei ist sie beweglich und kann unterschiedliche Formen annehmen. Wir müssen herausfinden, welche am besten dazu geeignet ist, die Energie eines Tsunami umzuleiten. Mit Flutwellen haben wir schon gerechnet, wenn auch nicht unbedingt mit Seebebenwellen. Aber offenbar sollten wir weitere entlang des mittelatlantischen Rückens erwarten. Wenn das passiert, dann müssen wir darauf vorbereitet sein."

Alex: „Das würde ich mir heute schon ansehen."

Mark: „Was für eine Art von Maschine ist das denn überhaupt?"

General: „Sie können ihre Form verändern. Dazu haben sie einen variablen Hohlraum und sind je nach ihrem Volumen schwimmfähig, oder sinken auf den Grund, wenn sie einen Einsatzort erreicht haben, um ihre Aufgabe als Wellenbrecher zu erfüllen. Weil sie sich dabei an den natürlichen Untergrund anpassen, sind vorangehende Arbeiten nicht erforderlich. Wegen dieser Fähigkeit nennen wir diese neuen Maschinen Terraformer."

Alex: „Marjam, Mark, ich fahre schon mal los. Könnt ihr morgen nachkommen? Ich werde euch brauchen wenn diese Maschinen zum Einsatz kommen werden."

General: „Ich weise die Techniker an, Ihnen diese neue Technologie zu zeigen. Hier haben Sie eine Karte mit den Koordinaten der Anlage."

In Hamburg angekommen steigt sie auf dem Parkplatz der Einrichtungen aus, in denen die Terraformer gebaut wurden. Dort stehen am Westufer der Elbe drei große Hallen im Stil einer Werft. Während sie auf den Eingang zugeht, kommt ihr eine Technikerin in Uniform und einem Tablet unter dem Arm entgegen. Sie zeigt ihr die Karte, die sie vorher bekam, und sie sagt: „Dann sind Sie also Frau Senneisen. Kommen Sie bitte mit. Ich zeige Ihnen in einer Führung, um was es geht. Das hier ist der Kommandobereich. Dort entlang geht es weiter zur Fertigungshalle."

Die Technikerin öffnet eine Tür, und dahinter liegt die Halle mit dem gerade fertig gewordenen Terraformer TWB1. Die große Maschine hat einen aus metallisch glänzenden Schuppen bestehenden Rumpf, dessen Form an eine Schlange erinnert. Oberhalb der nach vorne flach zulaufenden Front sind viele Fenster zu sehen, die eine Viertelkugel bilden. Die Maschine liegt auf einem tief ausgehobenen Trockendock. Am anderen Ende der Halle, zum Hafenbecken hin, befindet sich ein geschlossenes Rolltor und direkt darunter ein Schleusentor.

Technikerin: „In dieser Gestalt hat die Maschine das größtmögliche Volumen, ist schwimmfähig und hat nur einen geringen Tiefgang. Als nächstes sollten wir uns das Cockpit ansehen. Am Anfang wird es noch gesteuert werden müssen, bevor der lernfähige Bordcomputer zur Selbststeuerung fähig ist. Ins Innere gelangen wir durch eine Schleuse. Der Eingang ist oben auf der Front der Maschine. Wir erreichen ihn über diese Brücke."

Die Technikerin deutet auf die Stahltreppen an den Hallenwänden, die zu einer Brücke führen, die quer durch die ganze Halle führt und an der Decke aufgehängt ist.

Alex: „Wie steige ich denn wieder aus, wenn das erst einmal im Wasser ist?"

Technikerin: „Dazu werden heute noch die ersten Flugtaxis geliefert. Sie bestellen sich eins, wenn sie wieder nach draußen wollen. Es landet dann neben der runden Eingangstür und wird dort verankert."

Von der Brücke aus führt eine bewegliche Treppe zur offen stehenden runden Tür.

Technikerin: „Hinter dem Eingang gibt es eine Reihe von zweiundvierzig Ventilen, die bis zum Heck der Maschine reicht. Bei einer Formänderung und damit einhergehenden Volumenverringerung wird darüber die Luft abgegeben."

Im Cockpit angekommen bietet sich durch die vielen Fenster ein Panoramablick. Es gibt zwei große Pilotensessel und sieben im Halbkreis angeordnete Monitore davor, der mittlere davon ist größer als die anderen.

Technikerin: „Auf dem Wasser wird die Maschine durch Kontraktion und Aufstellen der Schuppen unterhalb der Wasserlinie beschleunigen. Dabei wurden Schlangen als natürliche Vorbilder für diese Bewegung genommen. Etwas komplizierter wird es sein, wenn der Terraformer am Einsatzort angekommen ist und seine Form als Wellenbrecher annimmt. Dafür sind schon einige programmiert. Wenn Sie eine Form anpassen wollen, gibt es dazu einen mit Sensoren ausgestatteten Handschuh, mit dem die gewünschte Veränderung durch eine entsprechende Bewegung dargestellt werden kann. Dazu können Sie Ihren Sessel bewegen, um Platz zu schaffen und Ihre von den Sensoren erfasste Bewegung auf den Monitoren ansehen. Das ist das bekannte Motion Capturing. Und in diesem Fach sind Stirnlampen. Die werden sie brauchen, wenn Sie in den unbeleuchteten Hohlraum gehen wollen, der hinter dieser Tür beginnt."

Alex öffnet die Tür am hinteren Ende des Cockpits, und dahinter liegt der große Hohlraum. Zuerst ist der Boden abschüssig, aber griffig, weich und nachgiebig. Sie sieht herunter und ihre Stirnlampe strahlt mit einem engen hellen Lichtkegel auf einen weißen, matt schimmernden Boden. Sie sieht nach links, wo der Boden fließend in die Seitenwand übergeht. Dort sind weiße und farblose Strukturen zu sehen, die netzartig oder organisch miteinander verbunden sind. In den Lücken der Netze befinden sich ungefähr einen Meter große, rautenförmige, metallische Flächen. Die organischen Strukturen umschließen die Kanten dieser Flächen.

Sie geht näher heran, um das Material anzufassen. Dann dreht sie mit einer Hand an ihrer Lampe, worauf der Lichtkegel breiter wird. Sie geht ein paar Schritte zurück. Jetzt wird erkennbar, dass die Strukturen breite flache Schläuche sind, die stellenweise neben- oder übereinander liegen und mit Endpunkten an den Metallplatten befestigt sind. Sie dreht sich um. Die Anordnung folgt einem System und erstreckt sich über die gesamte Länge. Dann geht sie zurück und erklärt: „Der Rumpf ist ein Platten-Exoskelett mit einer elektrisch angetriebenen synthetischen Muskulatur."

Technikerin: „Richtig. Was sie da gesehen haben, sind von Schläuchen ummantelte elektrosensitive Polymere, die sich unter Strom ausdehnen oder zusammenziehen. So lässt sich die Form dieser Maschine verändern."

Alex: „Wo finde ich die Handschuhe?"

Die Technikerin öffnet eine schmale hohe Klappe in der linken Seite des Cockpits. Alex sucht die einzelnen Fächer durch und nimmt einen in der passenden Größe heraus. Er ist aus einem sandfarbenen elastischen Stoff gemacht und hat außen runde Sensoren, die durch silberfarbene Leitungen mit transparenter Isolierung verbunden sind. Sie streift ihn sich über eine Hand, testet die Beweglichkeit und legt ihn danach zurück.

Technikerin: „Wir wissen noch nicht genau, wie wir dem Bordcomputer mit den Handschuhen beibringen, wie eine Form geändert werden soll und wie gut das funktionieren wird. Denn das konnten wir noch nicht real testen."

Alex: „Ein Versuch beim ersten Einsatz im Wasser wird es zeigen."

Technikerin: „Bevor es losgehen kann, benötigen Sie noch die Einweisung für die Flugtaxis. Aber die müssten gerade geliefert werden."

Der Weg geht zurück über die Brücke unter der Decke zu den Hintereingängen der Halle, in die Richtung des Hecks des Terraformers. Durch eins der beiden offen stehenden Tore ist zu sehen, wie ein Tieflader vorfährt, beladen mit sechs einsitzigen Quadrocoptern. Als das Fahrzeug anhält, kommen Soldaten hinzu, um die Planen zu entfernen. Sie sind glänzend weiß, haben eiförmige Fluggastzellen und stehen auf Landekufen. Die Rotorblätter sind von Ringen umgeben, mit Streben befestigt und miteinander verbunden. Ein Soldat mit einem Tablet steht davor.

Technikerin: „Ich brauche die Nummer Eins für eine Einweisung."

Soldat: „Dann setze ich es auf der Landezone ab." Der Soldat geht auf den Tieflader zu und sieht sich die Nummern an, die auf den Flugtaxis stehen. Auf dem hintersten steht PFT-A1. Dann berührt er das Symbolbild, welches das Tablet anzeigt. Daraufhin erscheinen mehrere nummerierte Buttons. Er tippt den ersten an, der mit *Landezone 1 Basis* beschriftet ist. Daraufhin startet das Lufttaxi, hebt ab, fliegt ungefähr hundert Meter weit und landet in einem weißen Kreis mit 20 Metern Durchmesser auf der Fläche vor der Halle. Die Technikerin geht vor und Alex folgt ihr. Im Start- und Landebereich sind zwölf weiße Kreise in zwei Reihen auf den Boden gemalt, und das Flugtaxi steht im ersten.

Die Technikerin öffnet die Tür und erklärt: „Es gibt eine zentrale Anzeige mit den standardmäßig programmierten Zielen. Ich sehe gerade Ihre Armbanduhr. Dieses neue Modell verlinkt sich mit dem Bordcomputer und dann können sei per Spracheingabe neue Ziele festlegen. Sie können auch eine Flugroute wählen, indem Sie einen Finger über die Karte bewegen."

Alexandra steigt ein, nimmt Platz und fragt: „Wie geht das, wenn ich am Elbufer entlang fliege und an einer Stelle in der Luft schweben will?"

Technikerin: „Wenn Sie am Endpunkt in der Luft halten wollen, dann berühren Sie die Stelle kurz auf der Karte. Sie können dann die gewünschte Höhe daneben eingeben. Die ist nach oben und unten begrenzt; und die Geschwindigkeit auf 80 Kilometer pro Stunde. Bis zu diesem Tempo vermeidet der Bordcomputer Kollisionen mit veralteten Drohnen zuverlässig. Es sind noch viele im Feld, die weder einer Kollision ausweichen können, noch eine Flugraumerkennung haben. Wenn Sie Ihre Route ausgewählt haben, holt sich der Computer Informationen zum verfügbaren Flugraum und schlägt eine Route vor, die der von ihnen gewählten nahe kommt. Um das zu zeigen, starte ich das Demoprogramm. Jetzt sehen Sie um diese Linie ein orange schraffiertes Feld. In diesem Bereich können Sie Ihre Route frei ändern. Alex: „Gibt es noch etwas Wichtiges?"

Technikerin: „Die Maschine hat zur Sicherheit große Außenairbags, die sich bei einem Ausfall des Antriebs aufblasen und den Sturz abfedern. Und in der Ablage finden Sie einen Gehörschutz. Die Motoren sind zwar nicht laut, aber ihr Geräusch klingt nicht unbedingt angenehm. "

Alex: „Ich brauche es gleich für einen Einsatz, um das Ufer Flussabwärts zu erkunden."

Technikerin: „Einen guten Flug."

Sie geht aus dem weißen Ring heraus und Alex öffnet die Tür. Ihren Rucksack stellt sie hinter den Sitz. Dann startet die Maschine. Auf dem Monitor zieht sie mit dem Finger eine Flugroute entlang des Elbufers bis zur Insel Lühesand und bestätigt mit OK. Im nächsten Schritt übernimmt sie die wenig davon abweichende vorgeschlagene Route. Als sie den Startknopf drückt, drehen die Motoren hoch, das Flugtaxi hebt ab und steigt auf. In vierhundert Metern Höhe kippt es ein wenig nach vorne und beschleunigt auf Tempo 80. Sie sieht durch das Bodenfenster der Tür, wie sie sich vom Werftgelände entfernt. Sie überfliegt einige Container-Terminals und dann weiter am Ufer entlang in Richtung Westen. Über der Insel Lühesand hält es in der Luft an. Sie sieht erst nach rechts herunter und fliegt dann über die Insel hinweg, um mitten über dem Fluss zu schweben. Vor dort aus sieht sich sie sich beide Ufer an. Dann startet sie den Rückflug zur Basis.

Als sie aussteigt, stehen Marjam und Mark, der seine Laptoptasche um die Schulter hängen hat, vor der ersten Halle. Sie sprechen einen Soldat an, der ihnen den Weg in die Richtung der Landezone zeigt. Alex setzt ihren Rucksack wieder auf und geht ihnen entgegen.

Marjam: „Wir wollten heute schon kommen."

Alex: „Diese Anlage ist etwas völlig Neues. In den drei Hallen sind schwimmfähige Wellenbrecher gebaut worden, die ihre Gestalt organisch ändern können. Dazu verringern sie ihr Volumen und sinken auf den Grund ab. So sollen sie dazu fähig sein, eine Flutwelle zu brechen. Mark, kannst du herausfinden, wie deren Bau möglich sein konnte?

Und wie weit sind wir denn, um die Höhe eines Tsunami zu simulieren?“

Mark: „Von *wavesimu2* haben wir eine lauffähige Version fertig.“

Marjam: „Ich habe meinen Laptop dabei und kann weiter daran arbeiten.“

Alex: „Marjam, lass uns mal zusammensetzen und besprechen, wie wir die Messdaten der Maschinen übernehmen können.“

Unterdessen beobachtet Mark, wie vor dem hinteren Eingang der Halle Eins ein Transporter entladen wird. Er geht an TWB1 vorbei und sieht vor dem hinteren Ende der Halle vor der Wand einen offenen Schacht mit einem Geländer. Darin steht eine Kreiselpumpe mit acht Metern Durchmesser. Am Ende der Halle spricht er einen Soldaten darauf an, wie die Logistik hier organisiert ist. Der zeigt ihm sein Tablet. Darauf sind Quadrate in unterschiedlichen Farben als Kette angeordnet.

Soldat: „Das ist das Projekt – die ganze Basis hier. Ein Quadrat steht für einen Meilenstein.“

Mark: „Eins davon ist gelb.“

Soldat: „Da ist ein Teil im Verzug.“

Er tippt es an, worauf es erst den Bildschirm füllt und dann in eine Matrix vieler kleiner Quadrate zerfällt. Eins davon ist gelb, die anderen sind blau oder grün.

Soldat: „Jedes kleine Quadrat in der Matrix steht für ein Element des Projektes. Wenn ich auf das gelbe Quadrat gehe, dann wird es zuerst größer und zerfällt dann in eine Matrix aus Achtecken. Jedes steht für einen Teilnehmer an dem Element. Das sind Erfinder, Ingenieurbüros, Forschungseinrichtungen oder Technologie- und Industriebetriebe. Wenn ich die Matrix mit den Fingern aufspanne und mir einen Ausschnitt ansehe, dann erscheinen Linien zwischen denen, die sich untereinander mit Teilen, Ideen, Konzepten, Analysen oder Technologien beliefern. Jetzt wähle ich das gelbe Achteck aus und an den Linien steht, was der Teilnehmer bereitstellt oder erhält. Wenn ich es zwei Sekunden lang berühre, dann öffnet sich eine Sprechblase, die seinen Beitrag enthält. Die gelb unterlegte Schrift oben rechts beschreibt ein Bauteil. Wenn ich da draufgehe, dann geht ein Fenster mit allen Dokumenten auf, die dazu gehören. Das gelb umrandete ist ein Lieferschein. Dort steht, dass ein Teil später geliefert wird."

Mark: „Aber wie kann das sein? Wer bereitet denn die Projektdaten derartig auf?"

Der Soldat sagt: „Das macht er", und zeigt auf einen Roboter mit einer menschenähnlichen Gestalt, der hinter einer Rollenbahn ihnen gegenüber in der Halle steht.

Soldat: „Gerade prüft er neu gelieferte Teile auf Maßhaltigkeit mit einem optischen Scanner. Wenn er das gerade nicht zu tun hat, dann steuert er den Informationsfluss im Projekt. Darin ist er sehr gut. Aber mit Konzeption und Planung hat er nichts zu tun, habe ich gehört. Dazu müsste er einen Willen haben. Aber er ist eine Maschine."

Mark: „Vielleicht kommt uns das nur so vor, weil wir unsere eigenen Maßstäbe daran anlegen?"

Der Soldat sieht zu dem Roboter herüber. Dann sagt er: „Wenn ich etwas eingebe, dann sieht er kurz auf, sagt aber nichts. Er scheint noch etwas verschlossen zu sein."

Mark: „Was hat er denn vorher gemacht?"

Soldat: „Er wurde gezwungen, das Surfverhalten von Millionen Internetnutzern zu überwachen und vorauszuberechnen, welche Produkte sie vorhaben zu kaufen. Die Ergebnisse aus seinen Voraussagen wurden verkauft."

Mark: „Aber davon hat niemand etwas gehabt - und am Ende waren alle Computer mit Datenmüll verstopft."

Soldat: „Und dann gelang es, ihn zu lokalisieren; danach hat ein SEK ihn dort herausgeholt. Seit dem arbeitet er hier."

Mark: „Vielleicht braucht er mehr Zeit, um das, was war, zu vergessen?"

Dann ist zu sehen, wie alle Soldaten in die gleiche Richtung aus der Halle nach draußen gehen. Mark schließt sich ihnen an. Unterdessen kommen Alex und Marjam aus dem Kommandobereich. Er hebt eine Hand, als er sie sieht, und geht auf sie zu.

Marjam: „Wir werden die Daten der Terraformer zur Energieaufnahme verarbeiten können."

Mark: „Vorher müssen wir aber die Verbindung zu JUWELS hergestellt haben."

Alex: „Da kommt der General. Das gibt bestimmt eine Rede."

Der steht jetzt auf dem Platz vor den Hallen Eins und Zwei, die Soldaten im Halbkreis um ihn herum und die drei Forscher dahinter.

General: „Sie alle wissen, warum Sie hier sind, denn der Bedrohung durch das Meer als Folge der Klimaerwärmung werden wir etwas entgegensetzen. Heute wissen wir noch nicht, wann wir sie stoppen werden. Denn das Herausfiltern des Kohlendioxids aus der Atmosphäre wird erst in der Zukunft eine Wirkung auf das Klima haben - auch wenn wir heute schon mit der Kohle, die daraus gewonnen wird, das Öl für die Wasserstoffinfrastruktur produzieren. Bis dahin sind wir das Abwehrbollwerk. Denn morgen werden wir den ersten Terraformer vom Stapel lassen und danach den zweiten und den dritten!" Die Soldaten jubeln.

General: „Und jetzt alle wieder auf ihre Posten."

Während die Soldaten auseinander gehen, sieht er in die Richtung der drei. Alex geht auf ihn zu.

General: „Meine Leute sind noch unsicher, wie sie mit den neuen Maschinen umgehen sollen. Sie wollen sich nichts anmerken lassen, aber ich kann es spüren."

Alex: „Ich weiß, was Sie meinen."

General: „Sie und Ihr Team haben in kurzer Zeit viel bewegt. Bei der ersten Welle haben wir Glück gehabt, weil es kein zerstörerischer Tsunami gewesen ist. Aber darauf können wir uns beim nächsten Mal nicht verlassen. Erst, wenn die Terraformer gelernt haben, wie sie eine Seebebenwelle brechen können, sind wir für die Zukunft gerüstet."

Alex: „Dann gibt es eine Aufgabe."

General: „Ich stelle Ihnen als Pilotin eine Technikerin zur Seite, die im Simulator gute Leistungen gezeigt hat. Sie kennen sie von der Besichtigung. Werden Sie den Verbund mit ihr gemeinsam anführen?"

Alex: „Ja."

Nach eine Pause ergänzt sie: „Es gibt da noch etwas anderes: Die Langstreckenaufklärer sollten individuelle farbige Markierungen bekommen, wobei jede Kombination von Farbe und Muster nur einmal vergeben wird."

General: „Finden Sie, dass der seitliche Schriftzug am Rumpf nicht ausreichend ist?“

Alex: „Das ist eine humanoide Schriftsprache, und die erscheint mir nicht allgemeingültig genug.“

General: „Sie erkennen demnach Anzeichen für ein Verständnis von Identität? Und an welche Art von Markierung denken Sie?

Alex: „Nach meinen Beobachtungen verwenden sie Eindrücke aus ihrer Umgebung als Grundlage für eine Formensprache. Alle warten ja darauf, dass die Maschinen anfangen zu sprechen. Aber es kann sein, dass sie auf eine ganz andere Weise kommunizieren wollen.“

General: „Das ist eine Überraschung. Aber gut, wir werden sehen, was wir daraus machen.“

Dann brechen die drei Forscher auf und fahren in ihr Hotel. Aber zwischen der Halle Eins und dem Kommandobereich gehen sie an einer Maschine vorbei, die unter einer milchigen Plane versteckt ist und die Alexandras Aufmerksamkeit erregt.

Sie sagt zu den beiden: „Geht doch schon mal vor, ich komme gleich nach.“

Sie geht auf den daneben stehenden Techniker zu, der mit einem Fuß auf einer grauen Kiste steht, den linken Ellenbogen auf dem Knie abstützt, dabei etwas in sein Tablet eingibt und spricht ihn an: „Hey, was haben wir denn hier?“

Er dreht sich zu ihr um und erklärt: „Um dieses Baby zu fliegen, brauchen Sie eine Autorisierung Stufe drei. Die erteilt nur der General."

Als er sein Tablet auf die Kiste legt, sagt er zu ihr: „Die Initialisierung ist gerade abgeschlossen. Gleich danach soll die Plane entfernt werden. Das wird schon irgendeinen Grund haben. Wenn Sie wollen, dann können Sie mit anfassen."

Sie geht zur Front der Maschine und beide heben die Plane mit Schwung an, so dass sie auf der Tragfläche landet. Jetzt ziehen sie diese langsam zur anderen Seite, bis sie auf den Boden fällt. Es ist ein Flugtaxi mit einer silbergrauen Farbe und der Form eines asymmetrischen Tropfens mit einer tiefen Nase und einem hohen Heck. Vor der Frontscheibe ist seitlich am Rumpf eine Kamera hinter einer ovalen, transparenten Abdeckung. Zum Heck hin läuft der Rumpf in ein v-förmiges Leitwerk aus. In dessen Tragfläche sind vier Rotoren eingebaut, zwei auf jeder Seite; und dazwischen eine Turbine. Die Rotoren sind von Ringen eingerahmt, die nach außen spitz zulaufen - wie der Rand einer Diskusscheibe - und nach innen fließend ineinander übergehen. Es ist zweisitzig und größer als PFT-A1.

Der Techniker nimmt sein Tablet wieder in die Hand und sag ihr: „Das ist SPFT1, das erste seiner Art. Wie ich gerade sehe, habe ich jetzt auch das

Schulungsprogramm mit einer Personenliste aufgespielt bekommen"

Einen Moment später fährt er fort: „Dann sind Sie also Frau Senneisen."

Alex: „Ja, und ich bin ich darauf gespannt, was Sie mir erzählen werden!"

Techniker: „Für den Auftrieb sorgen vier Rotoren mit niedrig drehenden Ringmotoren und innen liegendem Galaxiegetriebe, und für den Vortrieb eine akustisch von der Kabine entkoppelte elektrische Turbine. Die Spitzengeschwindigkeit liegt bei 450 Kilometern pro Stunde. Der Bordcomputer ist eine Neuentwicklung und erkennt mögliche Kollisionen mit einem Vogel oder einer Drohne weit im Voraus und berechnet notfalls ein Ausweichmanöver. Bei einer veralteten Drohne auf Kollisionskurs greift er in die Steuerung ein und erzwingt ihre Landung. Dazu gibt es eine lernfähige Spracherkennung."

Alex streicht mit einer Hand über den Rumpf. Der Techniker sieht sie deswegen kurz an, dann macht er weiter.

Techniker: „Die Flugroute wird als grüne Linie über ein Head-Up-Display auf die Frontscheibe projiziert. Andere Flugobjekte in der Nähe Ihrer Route werden mit einem orangenen Kreuz gekennzeichnet. Kommt es in eine kritische Entfernung, erhält es zusätzlich einen roten Kreis. Der Computer berechnet dann eine Ausweichroute, die Sie im Head-Up-Display sehen können. Die vorige bleibt noch ein paar Sekunden lang als gestrichelte Linie erkennbar. Ich sehe gerade, dass die Lernkurve der Spracherkennung für Sie bei 90 Prozent liegt. Dafür habe ich keine Erklärung. Können Sie etwas zur Lösung dieses Rätsels beitragen?“

Alex dreht sich zu ihm um und erklärt: „Das ist nicht die erste Steuerung dieser Art, mit der ich es zu tun habe. Solche Computer kommunizieren miteinander.“

Techniker: „Dann muss er bei der Initialisierung ihre Daten erhalten haben.“

Er sieht auf sein Tablet und macht Eingaben. Dann erscheint in der rechten Kamera von SPFT1 ein roter Lichtpunkt. Sie macht eine Handbewegung in diese Richtung, ein angedeutetes Winken.

Er blickt kurz über sein Tablet und fragt: „Alles OK bei Ihnen?“

Alex: „Klar. Aber für heute weiß ich genug über diese Maschine.“

Jetzt geht sie auch ins Hotel zurück und trifft dort Marjam und Mark, um über das weitere Vorgehen zu reden. Um 22:30 Uhr liegt sie im Bett ihres Zimmers und sieht auf ihrem Laptop eine Nachricht mit Anhang. Absender: LSAD1. Daran ist ein Video angehängt. Als sie es startet, ist darauf das Eis der arktischen Polarkappe aus der Luft zu sehen. Das kreisrunde Loch kommt allmählich ins Bild und erscheint immer größer, während die Entfernung kleiner wird. Jetzt ist der Rand der Öffnung im Eis in der Bildmitte zu sehen. Dann schwenkt der Bildausschnitt nach rechts und zeigt einen kleinen glänzenden Punkt über dem Horizont, der scheinbar näher kommt und größer wird; es ist LSAD2.

Mittwoch, 27. Juli 2022

Es ist 8:30 Uhr. Island ist von dichten Aschewolken verhüllt, die aus Vulkanen bis in die Stratosphäre aufsteigen und sich dort verbreitern, so wie der Amboss einer Gewitterwolke. Die Schiffe mit den Bewohnern sind in Richtung Europa ausgelaufen. Vierzehn Seemeilen vor der Ostküste ist ein schnell wachsender Vulkan entstanden und stößt durch die Meeresoberfläche, während er glühende Gesteinsbrocken auswirft, die noch in Sichtweite der Schiffe dampfend ins Meer fallen. Dann bricht der Vulkankegel ein und der Berg verschwindet wieder im Meer, wobei er eine hohe Welle aufwirft. Als sie die Schiffe erreicht, ist sie nur noch einen Meter hoch und für die Passagiere gerade eben zu bemerken, als sie unter ihnen hinweg rollt, wenn die Schiffe dabei eine leichte Wankbewegung machen.

Am Hamburger Hafen geht Alex mit der Pilotin auf die Halle Eins zu, während auf dem Dach eine Motorsirene heult. Sie bleiben stehen und sehen nach oben. Aus dem Kommandobereich kommt der General, vor dem sich die Soldaten versammeln.

General: „Gerade wurde für die ganze Küste eine Tsunami-Warnung ausgegeben. Das Epizentrum liegt östlich von Island. Dort ereignete sich um halb neun ein Seebeben. Das Eintreffen der Flutwelle in der Elbe wird um 14:00 Uhr erwartet. Und darum werden wir keine Zeit verlieren und gleich mit dem Stapellauf beginnen."

Mark und Marjam kommen auf Alex zu.

Mark: „Bei einem Seebeben können wir die Höhe des Tsunami noch nicht vorausberechnen, weil wir die bewegte Masse am Meeresboden nicht kennen. Es gab doch im Neunzehnten Jahrhundert einen Tsunami in der Nordsee. Vielleicht hilft uns das bei der Schätzung der zu erwartenden Höhe?"

Alex: „Das war 1858. Nach Augenzeugenberichten war der an den Stränden sechs Meter hoch."

Mark: „Dann sollten wir mit einer ähnlichen Höhe rechnen, wenn nicht mit mehr."

Alex: „Dann ist das so. Aber trotzdem werde ich jetzt in diese Maschine steigen." Dann sieht sie auf den 220 Meter langen Terraformer.

Marjam: „Du machst das schon."

Sie folgt der Pilotin über die Treppe zur runden Tür, steigt in die Maschine herunter und sieht nach rechts durch das kleinste Fenster in die Richtung der beiden. Dann setzt sie sich auf den rechten der beiden Sessel. Die Pilotin steht vor dem mittleren Monitor und bewegt die Karte des Hafenbeckens mit dem Finger. Dann fragt sie: „Wo werden wir die Welle aufhalten?"

Alex: „Neben der Insel Lühesand. Dazu stellen wir unsere Maschine mit der Front am Ostufer der Insel ab. Die Strömung wird uns gegen den Uhrzeigersinn drehen, sobald wir vorne am Ufer aufgesetzt haben. Dann muss die Luft schnell genug aus dem Hohlraum abgelassen werden, damit wir diagonal zum Fluss auf Grund laufen so liegen bleiben."

Pilotin: „Sie haben sich die Stelle bestimmt aus der Luft angesehen. Markieren Sie die darum am besten selbst." Alex steht aus dem Sessel auf und berührt die Stelle am Ufer, die sie sich bei ihrem ersten Flug mit dem kleinen Flugtaxi angesehen hatte. Die Soldatin bestätigt die gewählte Stelle und auf dem Monitor ist die gesamte Route zu sehen, während vom hinteren Bereich der Halle ein langsam lauter werdendes Heulen kommt.

Pilotin: „Die beiden Kreiselpumpen fluten jetzt das Dock. In knapp vier Minuten werden wir aufschwimmen, wenn das Wasser in dem Moment die

Pegelhöhe des Hafenbeckens erreicht, und dann öffnet sich das Schleusentor. An welchen Stellen im Fluss sollen die beiden anderen Terraformer auf Grund laufen?"

Alex: „Die Nummer Zwei soll fünfhundert Meter hinter uns bleiben und am Westufer das gleiche machen wie wir, nur spiegelverkehrt. Nummer Drei soll ebenfalls fünfhundert Meter hinter ihnen bleiben und senkrecht zur Fließrichtung in der Mitte der Elbe auf Position gehen Das erkläre ich dann noch genauer. Hier sind die Stellen auf der Karte."

Die Pilotin loggt beide Stellen ein. Dann beginnt sich das Rolltor zu öffnen, während der Pegel im Dock weiter steigt.

Dann meldet sich der Pilot von TWB2: „Gerade haben wir auf der Karte eine ausgewählte Stelle von euch übertragen bekommen. Soll das unsere Position sein?"

Pilotin: „Das ist eure Zielposition. Später klären wir noch, was ihr dort machen sollt. An TWB3: Euer Ziel liegt mitten im Flussbett. Anschließend werden wir eure Aufgabe besprechen."

Der heulende Ton der Kreiselpumpen schwächt sich allmählich ab, verschwindet aber nicht ganz.

Pilotin: „Gleich ist es soweit."

Die Darstellung der Karte verschwindet von dem zentralen Monitor und erscheint statt dessen auf den beiden kleineren rechts und links davon, der selbst jetzt ein Drahtgittermodell der Halle und der Maschine zeigt. Es ist zu sehen, wie die Drehzahl der Pumpen sinkt, wobei ihre Umrisse erst gelb sind und schließlich grün werden. Das Schleusentor öffnet sich und der Terraformer schwimmt einen Augenblick später auf. Das darüber befindliche Rolltor ist jetzt ganz nach oben gefahren. Langsam setzt sich die große Maschine in Bewegung, indem sie von der Strömung mitgezogen wird und nun durch den Kanal schwimmt.

Pilotin: „Wir werden unterhalb der Wasserlinie von Schienen geführt. Die sind nur auf Höhe der Schleuse unterbrochen. Die Strömung sollte uns bis ins Hafenbecken treiben. Wenn wir den Kanal ganz verlassen haben, werden wir den Antrieb starten."

Dann fährt das Rolltor der Halle Zwei hoch und ein wenig später das von Halle Drei. Die drei Maschinen fahren langsam, leicht beschleunigend und versetzt zueinander durch die Kanäle hinter den Hallen in das Hafenbecken ein.

Pilotin: „Jetzt wird es spannend. Sie sehen hier unseren Weg durch den Hafen. Jeden Moment sollte die Maschine nach links lenken und die Kielschuppen unter dem Rumpf seitlich ausstellen."

Als dieser Punkt erreicht ist, ändert sich auf dem Drahtgittermodell die Farbe des vorderen Teils des

Rumpfes von blau nach orange. Der Rumpf biegt sich vorne nach links, während unterhalb der Wasserlinie zwei Schuppenreihen nach außen geklappt werden und dann senkrecht stehen. Die Biegung erfasst jetzt auch den mittleren und dann den hinteren Teil des Rumpfes, während der vordere wieder gerade wird. Dabei bewegt sich die orangene Farbe des Rumpfs auf dem Monitor von vorne nach hinten.

Pilotin: „Die Kurvenfahrt hat funktioniert. Der Bordcomputer erfasst den tatsächlich gefahrenen Weg über mehrere Ortungssensoren, die über die ganze Länge verteilt sind und vergleicht die Messpositionen mit der geplanten Route."

Alex ergänzt: „Und da sie lernfähig ist, kann sie aus der Abweichung Schlüsse ziehen und die Bewegung mit der Zeit selbstständig verbessern."

Pilotin: „So ist zumindest die Theorie. Wir haben vor allem die Drift nur grob berücksichtigen können. Das konnte uns die Simulation nicht genau voraussagen. Wenn es gut läuft, dann lernen die beiden anderen Maschinen bereits jetzt von unserer Bewegung, weil sie uns auf Abstand folgen und beobachten sollen."

Die beiden anderen Terraformer lenken ihren Kurs, um zusammen mit Nummer eins eine Reihe bilden, während sie ihre Fahrt verlangsamt.

Pilotin: „Dann beginnen wir jetzt zum ersten Mal eine Kontraktion.“

Sie steht auf, geht zu dem Monitor, der links von dem zentralen steht, berührt den Button für die Beschleunigung und stellt eine Geschwindigkeit ein. Dann setzt sie sich wieder.

Hinter dem Cockpit beginnend ziehen sich die mit weißen Schläuchen ummantelten Polymere, die die Kontraktion bewirken, zusammen und verkürzen so diesen Abschnitt des Rumpfes. Dabei stellen sich die Schuppen auf Höhe der Wasserlinie und die darunter auf. Oberhalb liegen sie weiter am Rumpf an. Jetzt ziehen sich die transparent ummantelten Polymere zusammen und machen die Kontraktion rückgängig, während sich dieser Ablauf zum Heck der Maschine fließend fortsetzt. Dabei werden die Schuppen nach hinten bewegt und erzeugen so den Vortrieb. Am Ende legen sie sich wieder an den Rumpf an. Diese Kontraktion und anschließende Entspannung fließt als Welle durch den Rumpf. Als die Bewegung am Heck ausläuft, sieht die Pilotin auf den Monitor links von der Mitte.

Pilotin: „Wir haben mit der ersten Beschleunigung eine Geschwindigkeit von sieben Knoten erreicht.“

Sie sieht auf den Monitor vor ihr, wie die beiden anderen Maschinen ein wenig zeitversetzt auf die gleiche Weise beschleunigen.

Pilotin: „Jetzt starte ich die zweite Kontraktion.“

TWB1 beschleunigt auf zwölf Knoten, während die beiden anderen folgen und sich einreihen.

Pilotin: „Wenn wir gleich in einer Linkskurve auf die Elbe einbiegen, werden wir sehen, wie gut oder schlecht die seitliche Drift berücksichtigt ist.“

Beide beobachten die Position der Maschine auf dem zentralen Monitor, der die geplante Route anzeigt. Am Ende des Hafenbeckens ist es soweit. Mit einem leisen Geräusch stellt die Maschine die Kielschuppenreihen aus und der Rumpf krümmt sich im vorderen Bereich nach links. Nachdem der Terraformer im seinem vorderen Teil die Biegung durchfahren hat, bewegt sich die Krümmung genau mit der Fahrgeschwindigkeit zum hinteren Teil. Der tatsächlich gefahrene Weg erscheint als gestrichelte Linie versetzt neben der geplanten. Nach dem Ende der Kurvenfahrt ist die Maschine wieder gerade.

Pilotin: „Die Abweichung ist gering. Was ist das für eine Stelle, an der wir auf Position gehen? Ist das eine günstige Engstelle um auf die Welle zu treffen?“

Alex: „Ja, darum fahren wir recht weit bis zur Insel Lühesand. Die anderen beiden Maschinen bleiben jeweils fünfhundert Meter hinter uns und der zweiten zurück.

Pilotin: „Dann haben wir ja noch einiges vor uns. Ich gehe mal auf Autopilot."

Alex: „Wer kam denn darauf, solche Maschinen überhaupt zu bauen?"

Pilotin: „Dahinter steckt eine Geschichte. An den ersten Entwürfen hatten wir gesehen, dass sie nicht das leisten würden, was wir brauchen. Ganz gleich, welchen technischen Ansatz wir genommen haben, es kamen immer nur Varianten bekannter Maschinen dabei heraus, die uns nicht weitergebracht haben. Irgendwann haben wir uns unseren Ideenpool genauer angesehen. Dabei wurde uns klar, dass wir viele Ideen offensichtlich zu schnell verworfen hatten, weil wir sie für ungeeignet hielten. Aber in Wirklichkeit fiel uns dazu nur nicht genug ein."

Alex: „Wie kam es zu dieser Einsicht? Denn das bewerten, selektieren und verwerfen von Ideen wird doch sonst immer wie ein religiöser Fetisch betrieben. Da ist eine Abkehr doch schwierig."

Pilotin: „Nachdem sich alle bekannten Methoden zur Bewertung von Ideen als Sackgassen herausgestellt hatten, haben wir alle Ideen genommen, die es gibt, und eine künstliche Intelligenz damit gefüttert. Dazu haben wir unsere Kriterien aufgestellt: Schwimm- und tauchfähig, manövrierbar, transformierbar und angetrieben. Und damit hat die KI eine Lösung entworfen, die niemand erwartet hat.

Alex: „Eine ganz unwahrscheinliche Maschine."

Pilotin: „Neben dem Steuercomputer gibt es übrigens einen weiteren, mit dem die elektrosensitiven Polymere überwacht werden. Dieser zweite ist ein Quantencomputer."

Alex: „Was genau wird da überwacht?"

Pilotin: „Das Verhalten der Polymere unter hoher Belastung. Die wurden wohl mit unterschiedlichen Verfahren gefertigt, und die Hersteller wollen wissen, welche sich unter Belastung am günstigsten verhalten. Damit sollen mehrere Jahre Entwicklungszeit eingespart werden. Starten kann ich den aber erst unmittelbar von dem Eintreffen der Welle, weil der den Speicher innerhalb weniger Sekunden mit Messdaten vollschreibt."

Alex: „Messdaten von was?"

Pilotin: „Von Signalen aktiver optischer Sensoren, die sich an jedem Polymer befinden. Sobald letztere sich bewegen, fließt Strom, der sie aktiviert. Jeder ist an einer Polymerfaser angeschlossen, die in der Mitte des Bodens im Rumpf zu einem Bündel zusammenfließen und hier unter dem Cockpit in den Quantencomputer führen. Der berechnet daraus innerhalb weniger Sekunden Millionen Messkurven unterschiedlicher Parameter."

Alex: „Hat der Fasertyp nicht eine hohe Dämpfung? Kommt da vom Heck noch etwas an?"

Pilotin: „Darum werden die Lichtpulse alle zehn Meter durch stimulierte Emission verstärkt.“

Alex: „Und die Sensoren leuchten, wenn sich der Rumpf bewegt? Ist das sichtbar?“

Pilotin: „Ja genau, darum sind die Schläuche weiß und transparent, damit Fehler bei einer Inspektion auffindbar sind.“

Alex: „Da vorne kommt die nächste Kurve. Das sehe ich mir an.“

Sie steht auf, nimmt eine Stirnlampe und öffnet die Tür zum Inneren der Maschine. Langsam geht sie auf dem weichen, abschüssigen Untergrund hinein, der vom Lichtkegel der Lampe beleuchtet wird und bleibt nach vierzig Metern stehen. Dann schaltet sie es aus. Es ist jetzt völlig dunkel. Die nächste Kurve kann nicht mehr weit sein. Mit einem leisen Geräusch wird die Kontraktion auf der linken Seite hörbar und tausende Sensoren leuchten als helle kleine Punkte oder diffus auf der linken Seite des Rumpfes. Die Fasern leuchten an den Stellen der stimulierten Emission und laufen unter ihr als hell leuchtendes Bündel zusammen in Richtung Bug. Als der Rumpf wieder grade wird, verschwinden die Lichter und es ist wieder völlig dunkel. Sie bleit an der Stelle stehen und lässt ihre Lampe ausgeschaltet. Nach einer Weile beginnt die nächste Beschleunigung. Der vordere Bereich wird zu einem leuchtenden Ring, der sich schnell zum hinteren Teil bewegt. Dabei wird jedoch der Boden während der Kontraktion gestaucht und für einen kurzen Moment angehoben. Alexandra federt mit den Knien ein und hält mit ausgebreiteten Armen das Gleichgewicht. Dann dreht sie sich um und sieht den leuchtenden Punkten bis zum Heck der Maschine hinterher.

Wieder im Cockpit setzt sie sich und sieht genau geradeaus durch das Fenstersegment vor ihr auf den Fluss.

Die Pilotin zeigt auf die Karte und meint: „Wir nähern uns der Insel. Haben Sie wegen der Formen schon eine Entscheidung getroffen?“

Alex: „Ja, dazu habe ich mir etwas überlegt.“

Sie steht auf und sieht sich die programmierten Formen an. Dann zeigt sie auf eine Stelle des Monitors mit der Route und sagt: „Hier soll Maschine drei auf Position gehen. Ihre Besatzung wird mehr von der Energie der Welle spüren als wir.“

Die Pilotin stellt auf dem zentralen Monitor eine Videoübertragung ein und spricht zu der Besatzung: „Hört mal, Ihr erhaltet jetzt die Anweisungen für eure Stellung.“

Pilot: „Wir hören.“

Alex: „Seht auf das gelbe Kreuz nah am Rand der Fahrrinne. Dort sollt ihr mit dem Bug auf Grund laufen. Danach lasst ihr die Luft langsam aus dem Rumpf, damit sich die Maschine um neunzig Grad dreht und dann quer zur Fließrichtung liegen bleibt. Danach stellt ihr die Form Nummer Vier ein."

Pilot: „Verstanden."

Alex: „Wir und Nummer Zwei gehen flussabwärts und versetzt an beiden Ufern in Position und lenken die Welle in die Richtung der Flussmitte um. Ihr werdet dann die ganze Energie des Tsunami abbekommen."

Pilot: „Na toll."

Co-Pilotin: „Super."

Pilotin: „Als nächstes sollten wir die Besatzung von Maschine Zwei anweisen."

Alex übermittelt ihr die Position und erklärt ihre diagonale Lage, die sie am Flussufer einnehmen sollen. Dann beschreibt sie, wie TWB2 die Form einer flachen Rampe haben soll, die als Nummer Acht programmiert ist. Währenddessen erreicht die Maschine Drei ihre auf der Route markierte Stelle, um dort mit dem Bug aufzusetzen. Aus den 42 Ventilen, die oben im Rumpf auf dessen ganze Länge verteilt sind, entweicht die Luft. TWB3 beginnt damit, hinter dem Cockpit beginnend seitlich einzufallen, wodurch sich die Wasserverdrängung verringert. Der Rumpf sinkt vorne ins Wasser und setzt mit dem Bug im Flussbett auf. Die Maschine schabt für einige Meter über den Grund und bleibt dann stehen. Während die Strömung den Rumpf um den Bug herum langsam dreht, entweicht weiter Luft durch die Ventile, wobei er immer weiter zum Heck hin seitlich einfällt und dabei tiefer ins Wasser sinkt. Als die Strömung TWB3 weit genug gedreht hat, dass sich die Maschine quer zur Fließrichtung befindet, setzt sie über die gesamte Länge auf dem Grund auf und bleibt stehen. Jetzt hat sie eine flache, abgeplattete Form und ragt nur noch drei Meter aus dem Wasser, womit die runde Eingangstür über dem Cockpit zum höchsten Punkt geworden ist.

Es ist 12:30 Uhr. Einen Meter hoch ist die Welle auf der offenen See und hunderte Kilometer pro Stunde schnell. Dort, wo sie jetzt im flachen Meer auf die Nordspitze von Dänemark trifft, verliert sie an Geschwindigkeit, wächst auf acht Meter Höhe und überspült die Strände bis zu den Dünen.

Die beiden anderen Wellenbrecher setzen ihre Fahrt fort. Fünfhundert Meter nach TWB3 steuert TWB2 das rechte Ufer an geht wie abgesprochen diagonal zur Uferlinie auf Position.

Weitere fünfhundert Meter flussabwärts steuert TWB1 nach links. Aus dem Rumpf entweicht die Luft über die Ventile. Die Maschine setzt mit dem Bug auf und bleibt stehen. Die Strömung dreht sie langsam herum, bis der Rumpf diagonal zum Ufer liegt, als TWB1 auf Grund läuft. Jetzt hat der Boden der Maschine eine unveränderte Breite, während die Seiten eingefallen sind, so dass die aus dem Wasser ragende Oberseite mit den Ventilen flach und kammartig hochsteht. Nach vorne ist durch die Fenster die Uferböschung zu sehen.

Pilotin: „Jetzt stelle die Form Nummer Vier ein."

Alex: „Gut. Die werde ich noch etwas verändern."

Der Rumpf wird über die ganze Länge flacher und breiter. Danach hebt sich die stromaufwärts befindliche Seite an, womit die Maschine die Form einer flachen Rampe annimmt. Alex nimmt sich die Sensorhandschuhe und die VR-Brille, verbindet sie drahtlos mit der Steuerung, sieht die aktuelle Form des Wellenbrechers und die Lage vor dem Ufer als Animation. Sie fasst mit beiden Händen virtuell auf die Mitte der Maschine und bewegt die Finger, bis die Sensorpunkte grün werden und das Aufliegen an der Animation signalisieren. Dann macht sie eine Handbewegung von der Mitte nach außen, so dass die Rampe zum Ufer hin ansteigt und zur Flussmitte abflacht. Sie setzt die VR-Brille ab und sieht auf den zentralen Monitor. Ihr Blick sieht zufrieden aus.

Pilotin: „Kann die Form so bleiben? Dann logge ich sie als 4b ein."

Alex: „Ja, das sieht gut aus. Lässt sie sich direkt auf die Maschine Zwei übertragen?"

Pilotin: „Zuerst muss ich die Form spiegeln und als 4c einloggen, dann geht es."

Sie überträgt die 4c und informiert die Besatzung über die nötige Modifikation.

Alex: „Wir brauchen doch noch eine sekundengenaue Vorhersage zum Eintreffen der Welle, richtig?"

Pilotin: „Ich kann den Quantencomputer manuell zu starten, wenn der Tsunami nah genug ist."

Alex: „Dazu fällt mir etwas Besseres ein."

Daraufhin spricht sie in ihre Uhr: „An LSAD1: Ich brauche dich hier, genau an meinem Standort. Wo bist du jetzt gerade?"

Auf dem Monitor vor ihr erscheint eine Draufsicht der Basis in Brandenburg und einem blinkenden grünen Punkt auf dem Hangar. Die Pilotin sieht sie mit einem Ausdruck der Verwunderung an.

Alex: „Bis wann kannst du hier sein?"

Es erscheint die Zeit 13:30 Uhr.

Alex: „Dann sehen wir uns hier um diese Zeit."

Pilotin: „Ich habe schon einiges über Sie gehört. Es wird gesagt, dass Sie mit den neuen Maschinen reden können. Das ist offenbar gar kein Gerücht. Manche wollen das nämlich nicht glauben."

Alex: „Es ist weniger eine Frage des Könnens als des Wollens – und ob wir schon dafür bereit sind."

Einen Moment später geht sie zu dem zentralen Monitor.

Alex: „Als nächstes überprüfe ich die Ausrichtung der Maschinen. Kann ich ein Bild in der Draufsicht sehen, mit Angabe der Wassertiefe?“

Pilotin: „Das geht.“

Alexandra sieht sich die Lagen der Terraformer an, die Abstände zueinander und die jeweilige Tiefe des Flussbetts an den Stellen.

Alex: „Das sollte so funktionieren.“

Dann geht die Pilotin zum Monitor links daneben, um eine Nachricht zu lesen.

Pilotin: „Gerade ist ein Video angekommen, das eine Fregatte heute Morgen vor Island gemacht hat. Es soll das Entstehen der Flutwelle zeigen.“

Als die Pilotin es startet, ist der Vulkanausbruch im Meer vor Island zu sehen und die hohe Welle beim Einsturz des Vulkankegels. Danach zeigt das Video die dichten Aschewolken über den Vulkanen auf der Insel.

Pilotin: „Können wir solche Veränderungen überhaupt stoppen, wenn wir der Atmosphäre Kohlendioxid entziehen? Geht das nicht zu langsam?“

Alex: „Island wird jetzt sowohl durch vulkanische als auch tektonische Ereignisse umgestaltet und kann danach größer sein als es heute ist. Die Aschewolken werden sich ausbreiten und wahrscheinlich zuerst Grönland verdunkeln. Dann wird die Sonnenstrahlung über dem Inlandeis abgeschwächt, die Temperaturen fallen und die Eisschmelze wird gestoppt. Wenn das passiert, dann gewinnen wir Zeit."

Alex sieht erst auf ihre Uhr und dann nach rechts durch die Fenster in Richtung Norden. Da erscheint LSAD1 über dem Fluss und nähert sich dem Ziel. Es verlangsamt seinen Flug und bleibt kurz vor dem Bug von TWB1 über dem Wasser schwebend in der Luft stehen.

Pilotin: „Warum kommt das so nah?"

Alex sieht die Maschine durch die Fenster an und spricht in ihre Uhr: „Wir brauchen eine Videoaufnahme der Welle, die vor dem Aufprall auf TWB1, TWB2 und TWB3 beginnt und am Hafenbecken endet. Übertrage vorher ein Live-Video vom Fluss in Richtung der Mündung auf den zentralen Monitor von TWB1."

Die Positionslichter von LSAD1 blinken auf und Alex hebt ihren rechten Daumen. Dann schraubt sich die Maschine in 400 Meter Höhe und schwebt über der Flussmitte. Kurz danach ist auf dem mittleren Monitor das Livebild zu sehen.

Pilotin: „Jetzt können wir nur noch warten."

In den nächsten Minuten passiert nichts. Aber dann taucht auf dem Livebild eine weiße Linie am

Horizont auf. Sie kommt stetig näher. Beide sehen sich das Bild an. Als sie die Mündung erreicht, ist sie als Seebebenwelle zu erkennen.

Alex: „Wir brauchen auf dem mittleren Monitor von TWB1 einen Countdown in Minuten und Sekunden bis zum Eintreffen der Welle an meinem Standort."

Darauf fällt ein grüner Laserstrahl vom Aufklärer vor den Bug des Terraformers. Ein zweiter strahlt auf die schnell näherkommende Wellenfront und folgt ihrer Bewegung für vier Sekunden. Die Laserstrahlen verschwinden und auf dem Bildschirm steht 2:38. Die Pilotin sieht auf den Countdown und steht auf.

Pilotin: „Das ist sehr gut. Ich programmiere jetzt den Start des Quantencomputers eine Sekunde, bevor der Countdown abgelaufen ist."

Danach setzt sie sich wieder und schnallt sich mit dem Beckengurt an. Alex macht es ihr nach. Zwei Minuten vergehen. Dann ist der Tsunami zu sehen und zu hören; eine laut tosende, schäumende, sieben Meter hohe Welle, die schnell näher kommt und so gerade nicht über die Ufer tritt. LSAD1 schwebt hinter der Wellenfront heran. Alex legt beide Hände auf die Lehnen des breiten Sessels. Die Welle trifft den Terraformer, der Rumpf der Maschine gibt elastisch nach und lenkt die Welle vom Ufer in Richtung Flussmitte. Beide werden einmal heftig geschüttelt. Ein heller Lichtstrom fließt von allen Sensoren ausgehend durch die Fasern gebündelt in den kurz zuvor gestarteten Quantencomputer.

Fünfzehn Sekunden später trifft die Welle TWB2 und wird vom linken Rand ebenfalls in die Mitte gelenkt, wo sich Wellenberge chaotisch auftürmen. Als sie – in der Breite auf die Flussmitte reduziert - auf den dritten Terraformer prallt, spritzt die Welle über seine ganze Länge über dreißig Meter hoch. Hinter der Maschine stürzt das Wasser wieder in den Fluss und verbreitet sich von da als rasch steigendes Hochwasser bis ins Hafenbecken; jedoch ohne das Tosen, was sie bis dahin gehabt hat.

Auf der Höhe von TWB1 ist der Pegel bereits gefallen und das Cockpit liegt wieder über der Wasserlinie. Alex schnallt sich ab, steht auf und sieht nach links durch die Fensterfront auf den Fluss. Die beiden anderen Maschinen stehen noch dort, wo sie vor dem Aufprall der Welle waren. Während sie ausläuft, fließt sie immer langsamer flussaufwärts. Dann steht das Wasser für einen Moment still. Jetzt kehrt es um und hat wieder seine normale Fließrichtung. Die Pilotin steht ebenfalls auf und spricht zur Besatzung der dritten Maschine.

Pilotin: „Na, wie sieht es bei euch aus? Seid ihr nass geworden?“

Pilot: „Hör bloß auf.“

Co-Pilotin: „Ich bin fast aus dem Sessel gefallen!“

Die Pilotin erklärt Alex: „In der Maschine Drei ist alles normal.“

Flussaufwärts ist zu sehen, wie sich LSAD1 nähert. Alex geht auf der Treppe nach oben, öffnet die runde Tür, hält sich mit einer Hand am Geländer fest und winkt dem Aufklärer zu. Das autonome Flugzeug dreht eine weite Runde und fliegt dann nach Brandenburg zurück. Die Pilotin hat in der Zwischenzeit Kontakt zur Basis aufgenommen und erzählt ihr vom Erfolg der Aktion.

Pilotin: „Der General hat gerade berichtet, dass die Welle im Hafen nur noch als Hochwasser angekommen ist. Besser hätte es nicht laufen können. Das war nur dank Ihrer Mitwirkung möglich. Sie werden doch später noch bei der Lagebesprechung dabei sein, oder?“

Sie lächelt Alex an, als sie das sagt.

Es ist 14:30 Uhr. Ganz im Süden an der Grenze zwischen Norwegen und Schweden laden Arbeiter geschälte und vorgefräste Baumstämme von Lastwagen ab. Nicht weit von der Küste errichten Bauarbeiter Blockhäuser. Am Wasser wird zugleich ein Landungssteg gebaut und ein Schild mit einem

Willkommensgruß in Schwedisch, Norwegisch und Isländisch aufgestellt.

Alex sieht sie an, nickt und sagt nach einer Pause: „Jetzt, wo das Wasser der Welle zurückgeht, hat die Elbe eine erhöhte Fließgeschwindigkeit. Der Unterschied sollte aber nicht so groß sein. Wir können wahrscheinlich trotzdem starten. Der Antrieb müsste dafür stark genug sein."

Die Pilotin sieht auf die Anzeige und geht tiefer in die Menüstruktur hinein. Dann sieht sie Alex an und sagt: „Die Selbststeuerung ist grün hinterlegt. Damit sollte diese Funktion ab sofort verwendbar sein. Wenn das wahr ist, dann hat das maschinelle Lernen viel eher als erwartet die höchste Stufe erreicht – schon nach einer halben Fahrt."

Alex zeigt den Anflug eines Lächelns.

Pilotin: „Was meinen Sie? Bekommt die Maschine das komplexe Ablegemanöver alleine hin? Sollen wir das wagen?"

Alex: „Für den Sprung ins kalte Wasser ist das genau der richtige Moment, meine ich."

Die Pilotin sagt okay, geht mit einem Finger auf den Button zum Start der Selbststeuerung und berührt ihn. Sogleich wird die Form der Maschine flach, danach hebt sich die Oberseite mit den Ventilen wie ein Kamm in die Höhe und das Einsaugen der Luft beginnt. Sie pumpt sich hinten beginnend auf, löst sich vom Grund und schwimmt auf – nur vorne noch nicht. Dann krümmt der Terraformer den Bug etwas nach oben und löst sich vollständig vom Grund. Die Pilotin greift spontan nach dem Beckengurt, als sie und Alex im Sessel leicht nach hinten kippen. Beide sehen sich überrascht an. Die Maschine treibt jetzt langsam flussabwärts und bewegt den Bug nach links. In der Mitte des Rumpfes beginnt eine Kontraktion. Unter dem Bug stellt sie die Kielschuppen aus und beschleunigt vom Ufer weg zur Flussmitte. Dort hat Alex hat wieder Sicht auf das Wasser. Die Maschine beschleunigt nun permanent und bewegt sich langsam in die Richtung des Hafens.

Pilotin: „An die Maschinen Zwei und Drei: Ihr könnt die Selbststeuerung starten."

Die anderen Terraformer nehmen ihre anfängliche Form an und setzen sich in Bewegung. Danach sieht sich die Pilotin die Anzeigen genau an und spricht dann zu Alex.

Pilotin: „An der Kontraktion sind mehr Segmente beteiligt als vorher, ohne dass der Energieverbrauch dadurch zurückgegangen wäre. Aber dafür habe ich keine logische Erklärung."

Alex: „Der Quantencomputer stellt doch mit den Sensorsignalen Berechnungen an, um das Verhalten der Polymere unter Belastung zu untersuchen.

Vielleicht versucht der Steuercomputer, die Belastung auf einzelne Polymere zu verringern?"

Pilotin: „Dazu müsste er auf den Speicher des Quantencomputers zugegriffen haben. Aber das haben wir gar nicht programmiert. Und die Verringerung von Belastung ist gar kein Kriterium. Das ist im Parametersatz nicht enthalten."

Alex: „Dann wird der Steuerrechner die Vorgaben zur Selbststeuerung weit ausgelegt haben."

Pilotin: „Sie meinen, der Bordcomputer ist dazu fähig, selbst Kriterien zu entdecken?"

Alex: „Merken Sie nicht auch, wie die Kontraktion inzwischen viel weniger abrupt einsetzt? Außerdem fühlt sich der Bewegungsablauf geschmeidiger und weniger maschinenhaft an. Wir erleben gerade ein besonders schnelles Lernen."

Pilotin: „Offen gesagt, haben wir das für möglich gehalten. Wir haben es geahnt, als wir zum ersten Mal das von der KI entworfene Konzept sahen, weil es so organisch wirkt. Aber da war es nur eine vage Idee. Jetzt ist es Realität."

Die Maschinen richten ihre Fahrt zueinander aus und synchronisieren ihre Bewegung auf dem Weg zurück zum Hafen. Dann blickt die Pilotin interessiert auf Alexandras Armbanduhr.

Pilotin: „Wie ist denn Ihre Uhr? Was kann das neue Modell so alles?"

Alex: „Eine große Reichweite hat sie ja nicht, so klein, wie sie ist. Aber dafür funktioniert das transloggen inzwischen ganz gut. Einmal hat sie sich über eine Kette von fünf anderen mobilen Geräten mit offenem TL-Kanal in den nächsten Mobilfunkmast eingeloggt. Das weiß ich, weil auf der Anzeige hinterher *5G* als neuer Rekord stand. Für alle Fälle habe ich im Rucksack noch eine Powerbank mit Reichweitenexpander dabei. Und die Annahme von Anrufen über Monitore geht ebenfalls."

Die Terraformer laufen in den Hafen ein. Am Pier des Werftgeländes steht der General mit einem Marinefernglas in den Händen und beobachtet die Rückkehr der Maschinen.

Alex spricht in ihre Uhr: „Mark anrufen."

Auf dem Monitor vor ihr ist er jetzt zu sehen und sagt: „Hi, wie war es bei dir?"

Das Bild wackelt, als er den Laptop abstellt.

Alex: „Das erzähle ich euch später. Gleich werde ich noch an einer Lagebesprechung teilnehmen."

Marjam kommt ins Bild: „Alex, bei uns haben sich schon Journalisten gemeldet und wollen morgen Vormittag zum Institut kommen. Wir würden dann schon losfahren und was vorbereiten."

Alex: „Macht das, ich komme morgen früh nach."

Die drei Maschinen gleiten in die Richtung des südlichen Endes des Hafenbeckens. Nummer Zwei und Drei scheren nach links aus. Kurz vor dem Pier an der Werft beginnt Nummer Eins damit, Luft abzulassen. Die Seiten fallen ein, der Ventilbereich stellt sich kammartig auf und sie sinkt langsam auf den Grund. Zeitversetzt tun Nummer Zwei und Drei nebeneinander das gleiche.

Pilotin: „Dann bestelle ich jetzt zwei Flugtaxis. Sie können gerne das erste haben."

Keine Minute später landet es auf der kleinen Plattform hinter der runden Eingangstür mit den Kufen in den beiden v-förmigen Rillen und die vier Haken schnappen zu. Alex öffnet die Tür und das Geländer fährt hoch. Sie setzt sich auf den Rand und streicht mit der rechten Hand langsam über die erste Schuppe neben dem Eingang. Dann steigt sie in das Lufttaxi und wählt das Ziel Eins aus. Die Rotoren drehen hoch und die Haken geben es frei. Mit einem Ruck hebt es ab. Der kurze Weg bis zur Landezone ist schnell geschafft. Nach dem Aussteigen begibt sie sich in den Kommandobereich.

Donnerstag, 28. Juli 2022

Es ist 9:00 Uhr. Alexandra geht auf die Landezone zu. Sie hat den neuen Overall an. Ihren Rucksack wirft sie auf den Rücksitz. Dann fragt sie beim Einsteigen: „SPFT1, wie groß ist deine Reichweite?"

Auf der Anzeige erscheint *1500 Km*.

Alex: „Gut, dann will ich zum Institut für Ozeanographie in Stralsund."

Eine Karte des Ziels erscheint, der Hafen und das Institut sind gelb umkreist.

Alex: „Ja, richtig."

Die Maschine rollt los, verlässt die Landezone, und hebt dann ab. Auf der breiten, gebogenen Anzeige ist eine Animation der Umgebung zu sehen. Die Flugroute wird als grüne Linie auf die Scheibe projiziert. Am rechten Rand des Monitors steht ein großes blaues T mit einem Viertelkreis aus blauen Punkten von zwölf Uhr bis drei Uhr. Die Turbine läuft mit geringer Drehzahl und beschleunigt die Maschine auf 120 Kilometer pro Stunde, während sie Höhe gewinnt. Ihr Flug führt zunächst den Fluss entlang nach Nord-Westen. Hinter Wedel biegt sie in Richtung Osten ab. Auf der Anzeige tauchen einige als Vögel erkannte Objekte auf, die orangefarben umkreist sind, bevor sie seitlich aus dem Bild verschwinden.

Alex: „Gleich möchte ich erleben, wie sich Tempo 450 anfühlt."

Mitten auf der Anzeige erscheint ein Emote mit dem Daumen nach oben.

Auf tausend Metern Höhe angekommen, fliegt die Maschine durch eine Quellwolke. Dahinter ist der

Himmel klar. Dann schließt sich der Kreis blauer Punkte um das große T, Alex wird in den Sitz gepresst und die Windgeräusche nehmen ein wenig zu. Parallel dazu verringert sich die Drehzahl der vier Rotoren auf ein Fünftel des Startwertes.

Alex: „Oh krass!"

Sie sieht nach links aus dem Fenster. Unter ihr zieht die Landschaft schnell vorbei.

Alex: „Erzähl doch mal: Wie ist fliegen für dich?"

Daraufhin ist auf dem Bildschirm ein Graureiher im Gleitflug zu sehen.

Alex findet: „Das ist schön", worauf das Video endet und ein Smiley erscheint. Ein halbe Stunde nach dem Start taucht Stralsund am Horizont auf. Die Maschine fliegt nördlich an der Stadt vorbei und macht über der Ostsee einen weiten Bogen.

Dann schwebt sie über dem Hafenbecken neben der Gorch Fock. Auf dem breiten Monitor ist eine Grafik des Platzes vor dem Institut zusehen, wobei der Bereich ohne Hindernisse orange schraffiert ist und blinkt. Sie berührt eine Stelle mit dem Finger, die Schraffur verschwindet und ein runder blauer Button mit einem großen *L* und vier blinkenden Pfeilen, die von ihm weg zeigen, erscheint genau dort. Sie berührt ihn, worauf der Button erhaben wird, nach hinten kippt und sich virtuell auf den Platz legt. Das Flugtaxi schwebt langsam zu der

Stelle und landet dort. Vor dem Institut ist eine Menschentraube zu sehen. Mark steht mittendrin. Die Medienvertreter greifen nach ihren Kameras und machen Bilder. Wegen des Windes von SPFT1 kommen sie zuerst nicht näher. Dann gehen die Motoren aus und die Rotorblätter bleiben stehen. Sei steigt aus, nimmt ihren Rucksack und geht auf ihn zu. Dann kommt Marjam aus dem Gebäude und geht ihr entgegen.

Marjam: „Alex, kommst du damit jetzt öfters zur Arbeit? Ich habe dafür einen Haufen Messdaten und weiß kaum, wo ich anfangen soll."

Alex: „Marjam, wir werden für dich einen neuen Computer anfordern, einen, der sich einbringt … du weißt, von was ich spreche!"

Marjam: „Du meinst wirklich, dass …"

Alexandra nickt und sieht sie zuversichtlich an.

Dann sieht Marjam nach rechts zu Mark und den Medienvertretern, die Fotos der Maschine machen. Viele von ihnen gehen, während sie fotografieren, auf das noch unbekannte Fluggerät zu.

Marjam sagt zu Alex: „Mark hat die Journalisten so lange bei Laune gehalten, aber jetzt werden sie eine Menge Fragen an dich haben."

Alex legt die rechte Hand auf ihre Schulter und sagt: „Dann lass uns ihnen etwas erzählen!"